汤姆·斯威夫特
登上幻影卫星

【英】维克多·阿普尔顿Ⅱ　文
燕锐锋　等图
刘庆双　等译

江西·南昌
江西科学技术出版社

图书在版编目（CIP）数据

汤姆·斯威夫特登上幻影卫星 / (英) 维克多·阿普尔顿Ⅱ文；燕锐锋等图 ；刘庆双等译. -- 南昌 ：江西科学技术出版社, 2018.3（2024.1重印）
（汤姆·斯威夫特丛书）
ISBN 978-7-5390-5864-1

Ⅰ.①汤… Ⅱ.①维… ②燕… ③刘… Ⅲ.①儿童故事-英国-现代 Ⅳ.①I561.85

中国版本图书馆CIP数据核字(2017)第046866号

国际互联网(Internet)地址：http://www.jxkjcbs.com
选题序号：KX2016075
责任编辑：郭绪书
特约编辑：廖旖晨

汤姆·斯威夫特登上幻影卫星
TANGMU SIWEIFUTE HE DENGSHANG HUANYING WEIXING
〔英〕维克多·阿普尔顿Ⅱ 文；燕锐锋 等图；刘庆双 等译

出版发行	江西科学技术出版社
社址	南昌市蓼洲街2号附1号 邮编：330009 电话：（0791）86623491 86639342（传真）
印刷	三河市嵩川印刷有限公司
经销	各地新华书店
开本	700mm × 1000mm 1/16
字数	114千字
印张	11
版次	2018年3月第1版 2024年1月第2次印刷
书号	ISBN 978-7-5390-5864-1
定价	39.00元

赣版权登字-03-2017-39

前言 QIANYAN

人总是离不开阅读，特别是在现代化信息时代，阅读无疑更是我们难求的一片宁静港湾，让我们有机会去感受、去体悟、去反思、去认证我们的这个世界和未来的世界。

科幻小说是一种起源于近代西方的文学体裁，在尊重科学结论的基础上进行合理设想后形成的文学作品，具备“逻辑自洽”“科学元素”“人文思考”三个要素。科幻小说与一般的传统小说不同，其特殊性在于它与科学技术的发展有着直接的联系，能让读者间接了解到科学原理。但它又是一种文艺创作，它扎根于社会现实，反映社会现实中的矛盾和问题，在科学技术发展的方向上，提供若干有参考价值的预见。有时，某些科学发明尚未出现，科幻小说里则已经进行生动的描绘，如潜水艇、机器人和宇宙航行等。

著名文学评论家布哈伊·哈桑曾说，科幻小说可能在哲学上是天真的，在道德上是简单的，在美学上是有些主观的，或粗糙的，但就它最好的方面而言，它似乎触及了人类集体梦想的神经中枢，解放出我们人类这具机器中深藏的某些幻想。

阅读科幻小说至少让我们有如下的感受：

一、文学的轻松愉悦

科幻小说的主题非常明显，它会涉及“未来”和“未知”、“科学”和“规律”、“生命”和“文明”、“生存”和“冒险”等等，每一本科幻小说都是一个全新的世界，每一次阅读都是一段全新、充满惊喜的精神旅程。

二、科学与严谨的想象

爱因斯坦说过，想象力比知识更重要，因为知识是有限的，而想象力概括着世界上的一切，推动着进步，并且是知识进化的源泉。通过阅读科幻小说，感悟其中的想象力，在人文、哲理的思索上，在思想道德意识的增强上所起到的作用是潜移默化的、是发散性的，其威力是不可估量的。

三、引发科学与理性的思考

科幻小说中的“科学方法”是一种有系统地寻求知识的程序，涉及“问题的认知与表述”“观察与实验搜集证据”“假说的构成与测试”。简单地说就是一个科学理论要经过观察、解释、预测、确认、评估、发表的程序，才能从一个假设发展成原理。科幻小说的“理性思考”就是遵从客观规律、进行逻辑分析的思考方式。

《汤姆·斯威夫特》系列曾是国外流行的科普小说，书中很多的科幻内容今天都已经变成了现实，它曾影响了几代读者，它伴随了很多人的成长。现以中文出版此书，相信书中的情节与科学，也会给中国读者带来同样的快乐体验。

目录 MULU

第一章　令人难忘的景象…………………………………… 001

第二章　精妙的发明………………………………………… 009

第三章　绝密计划…………………………………………… 016

第四章　太空遇袭…………………………………………… 024

第五章　定时炸弹…………………………………………… 032

第六章　双重危机…………………………………………… 037

第七章　生擒间谍…………………………………………… 045

第八章　神秘的电话………………………………………… 053

第九章　成功的战略………………………………………… 058

第十章　太空轮事故………………………………………… 066

第十一章　地球的新月……………………………………… 073

第十二章　魔　洞…………………………………………… 080

第十三章　是敌是友？……………………………………… 087

第十四章　高温的困境…………………………………… 093
第十五章　可疑的休战协定……………………………… 098
第十六章　能源警示……………………………………… 105
第十七章　怪的发现……………………………………… 113
第十八章　空中袭击……………………………………… 119
第十九章　太空营救……………………………………… 124
第二十章　蓄意破坏！…………………………………… 130
第二十一章　极地作战…………………………………… 137
第二十二章　洞穴里的秘密……………………………… 144
第二十三章　疯子的计划………………………………… 151
第二十四章　与死神赛跑………………………………… 155
第二十五章　英雄归来…………………………………… 163

第一章 令人难忘的景象

“汤姆，那颗偏离轨道的卫星，不管它是什么，它会——它会撞到地球吗？”巴德·巴克利吓得面色苍白，目不转睛地盯着他的朋友汤姆·斯威夫特。

在玻璃圆顶的天文台里，年轻的发明家依旧盯着高倍望远镜，默不作声了好一会儿。之后他转向巴德，坚定地说：“如果它仍在轨道上保持相同的速度运动，那一定会撞到我们！”

此刻，这两个十八岁的男孩正一同望向窗外，看着西边天空中出现的那个奇怪的发光体。这个神秘物体自从一个小时前被发现，就在不断变大，现在看起来已经有棒球那么大了。

“我的老天啊！”巴德大声喊道，“汤姆，这东西到底有多大？在它撞到地球之前，我们还有多长时间呢？”

“爸爸正在核对测算结果。”这个身材修长的科学家回答。他再一次转向望远镜，继续说：“巴德，昨天有外星朋友给我们发来了信息，这一定是他们想要告诉我们的。”

在过去数个月的时间里，斯威夫特家一直与生活在另外一个星球上的朋友们保持通信。他们收到的第一条来自外太空的信息搭载在流星一样的发射器上，于企业集团的地面着陆。此后，他们又通过示波器接收了更多信息，这些信息都是样子奇怪的数学符号。汤姆和爸爸对这些符号进行解码，并用大功率的发射机将他们回复的内容发回到外太空。

“但是，为什么他们没有警告我们卫星将与地球相撞呢？”巴德问，“他们只说这个现象可以从地球上清晰地看到。”

“巴德，首先信息是不完整的。另外，我和爸爸还不确定我们翻译得对不对。而且到现在我们也没弄清楚这个物体是什么，从哪儿来的！”

这时，斯威夫特先生走进了天文台观测室。他面容沮丧，手里拿着一沓潦草的笔记和计算机带子，递给了他的儿子。

“这个物体肯定会与地球相撞，”他对男孩们说，“以它目前的运行速度——嗯，我们可能还剩两个小时。”

“两个小时！”巴德用嘶哑的嗓音低声重复说。

汤姆和他这了不起的爸爸四目相对，似乎在思考着什么。他那无与伦比的科学天赋就是遗传自他的爸爸。“有可能是我们计算错了吧？”他问道。

“恐怕不是。”斯威夫特先生把手搭在汤姆的肩上说，“我得给家里打个电话，告诉你妈妈。可能我们都会——”

“快听！”这时巴德打断了他们，他跑到了天文台观测室的窗边往下看。远远望去，下面到处都是转来转去的斯威夫特企业集团的员工们，他们惊慌失措，议论纷纷，每个人都朝着天空中那个耀眼的圆盘望去。

“人们都慌慌张张的，”巴德说道，“斯威夫特先生，我们现在能告诉他们什么呢？”

汤姆转向望远镜时，他爸爸正在认真思考这个问题。在这样的危急时刻他应该说些什么呢？

最后，斯威夫特先生轻声说：“应该告诉他们事情的真相——除非事情又发生变化——”

“爸爸，等一下！”汤姆惊叹道，“事情正在发生变化！这个物体不再向我们靠近了！”

“什么！”斯威夫特先生大声地说。

“它改变了路线！”汤姆兴奋地补充道，“爸爸，我认为它开始绕地球运动了！您看。”

斯威夫特先生急忙跑向望远镜，观察了一番后，立刻对汤姆说：“儿子，你的判断是对的！它不会和地球相撞了！”

巴德松了一口气：“天上的小月亮看起来着实像个棒球啊！”

危机解除了，汤姆和爸爸听着巴德给那颗小卫星起的绰号，都咧嘴大笑起来。年轻的发明家拿起了连接工厂公共广播系统的麦克风：“我是小汤姆·斯威夫特。危机已经解除,请大家回去工作，不要惊慌。小卫星已经回到了轨道上。重复——请大家不要惊慌。”

人们立刻涌回平顶的现代化实验室和厂房里，整整六平方千米全都是斯威夫特企业集团的实验室和厂房，这座和飞机跑道交错排列的企业集团是斯威夫特父子进行发明创造的实验站。

与此同时，汤姆把望远镜交给一个年轻的天文学家，让他绘制出卫星的运行轨迹，尽可能多地计算出运行数据。随后他动身前往主楼，那里有他和爸爸共用的办公室。年轻的科学家疲倦地倒进一个皮质座椅里，他在等待着斯威夫特先生和家里通完电话。汤姆简直就是他爸爸的增高版。

“爸爸，您对这颗卫星有什么看法？”斯威夫特先生刚放下电话，汤姆立刻就问道。

"此刻，我认为最重要的是公众的反应。"他的爸爸不安地回答。

"您指的是大规模的恐慌？"汤姆问道。

"恐怕是这样的。在过去，人们就曾被彗星吓得魂不附体。这次更是有过之而无不及啊！"

"那听听新闻是怎么说的。"汤姆伸手拿来收音机，轻轻按下开关。从收音机里传出了声音："已经通知所有的民防单位提高戒备，随时准备采取行动。目前，没有天文学家对天空中的奇怪物体做出任何解释。请不要换台，随时关注进一步的报道。"

汤姆拨动按钮，调到了其他电台。每个电台都在播放激动人心的新闻简报和异想天开的天文理论。

"出奇一致的是没有人对此做出任何解释。"汤姆淡淡地说。

此时，巴德·巴克利走进了办公室，轻轻地坐在汤姆办公桌的一角。"快点，我的小天才，"他咧着嘴，笑着说，"你一定对那颗卫星有所了解，给我们讲点内部消息吧。"

汤姆笑了笑，说："它很有可能是一颗误入地球轨道的小卫星，我认为也许是它转变方向的时候速度太快，结果偏离了原始轨道。另一方面，说不定它还可能是一颗人造卫星——可能是我们的外星朋友为了自己的某种需要而制造的。"

这时电话铃响了，汤姆拿起电话说："我是小汤姆·斯威夫特。"

"我是《肖普顿晚报》的丹·帕金斯。你能给我们讲讲天空中的火流星，或者是什么东西，是怎么回事吗？这是你和你的爸爸制造的引人注目的噱头吗？"

"丹，不好意思，现在我们不能做出任何声明。"

“喂，汤姆，你可不能这么轻松地敷衍我这个资深记者啊！”

“抱歉，但是目前我们的确无可奉告！”汤姆礼貌却又平静地回答。

丹·帕金斯的询问预示着一场潮水般电话的袭来。很快，每过几秒钟，电话铃声就会叮叮作响。有的人表示惊恐不已，有的人愤怒地说不出话来，但是所有人都强烈要求他对天空中这个奇怪现象进行解释，他们都非常想要弄清楚地球即将面临一场什么样的灾难。

怒不可遏的汤姆用对讲机向他的秘书特伦特小姐下达命令：“从现在起，拒绝所有打来的电话！”

与此同时，巴德和斯威夫特先生正在收听持续发布的最新消息。恐慌正在全球快速蔓延，一个情绪激动的播音员正在说：“一条刚刚收到的消息称，在其他城市有民众闹事发生！随着世界上越来越多的地方都可以看见天空中的奇怪物体，麻烦也在不断发生。更糟糕的是，多个沿海地区都发生了反常的海水涨潮现象，I国东北部海湾地区的一座小镇几乎被潮水淹没了。”

对讲机嗡嗡作响，汤姆马上按动开关。“很抱歉打扰你！”特伦特小姐抱歉地说，“《晚报》的帕金斯先生再一次打来电话。他说有急事找你。”

“好吧，给他接进来。”

“我打电话来可不是为了讨什么说法，”这位编辑说道，“汤姆，我就是想要告诉你，如果你能在一分钟内打开电视。你和你的爸爸都会大吃一惊。”

帕金斯狡猾地轻声笑了笑，挂断了电话。

汤姆转向了爸爸和巴德："电视上一会儿有节目，我现在需要连上可视电话。"

可视电话系统是一个能够连接斯威夫特工程公司各个办公室和边远设备的私有电视网，平时也可以用来收看商业电视节目。汤姆走向复杂的控制板，按下了按钮，屏幕中出现了很多电视频道。

其中一个频道出现了这样的画面，一位长着浓密白发、闷闷不乐的老人正在接受电视记者的采访。记者介绍说，老人是附近格兰戴克大学天体物理学教授，名叫约翰·范沃特。记者向他进行提问："教授，您能对天空中炽热的奇怪物体做出解释吗？"

"很显然，这不是一种自然现象。在我看来，只有一种可能性。"

"那是什么？"

"大家都知道，汤姆·斯威夫特和他的爸爸长期与外太空生物保持联系。我认为斯威夫特家正在和这些生物合作进行一项实验，而这可能会带来灾难性的后果。"

"您的意思是地球上的我们现在正处于危险之中吗？"

"当然了，并且是一种非常危险的境地！"那位教授大声说道，"这项实验可能会释放出巨大的能量——出现不规则的潮汐就是例证！更糟糕的是，哪怕是一个小小的计算错误就可能会导致那个物体和地球相撞！因为你询问我的看法，我就只能坦率地做出回答。"

电视采访结束了，汤姆关闭了可视电话，巴德怒气冲天地说："你难道就准备让范沃特这样为所欲为吗？"

斯威夫特先生则和平常一样，总能在别人质疑自己的时候保持平稳的情绪。他只是淡淡地说了一句话："巴德，每个人都是有权利发表个人意见的。"

“爸爸，我们最好还是发表一个声明吧。”汤姆建议道。

他的爸爸同意了。汤姆匆匆写下了几行字，将纸递给了斯威夫特先生，斯威夫特先生看过一遍后，点头默许。

汤姆拨通了《晚报》丹·帕金斯的电话。他并没有提及任何关于电视采访的事，只是说：“丹，你之前想要得到一个解释。我们现在只能这样说，对于卫星的实质，目前还完全没有弄清楚。但我们将对卫星进行密切观测，一旦有任何发现，一定会在第一时间进行发布。”

汤姆和斯威夫特先生赶回到天文台，连续数小时对卫星进行研究，在可观察的范围内记录卫星运行数据。午夜将至，他们才停下了手里的工作。

“依我看，”汤姆说，“这颗卫星就好像微型月球那样一直在环绕地球运行。”

“儿子，你说得对。我们完成这些数据的测算后，就会对这颗卫星有进一步的了解。”

父子俩离开天文台，驾驶着公司的吉普车途经实验站，在私家通道处停了车。汤姆用电子钥匙打开了通道处的门，和往常一样，两人走上了那条人迹罕至的路。

斯威夫特的家在月光映照下已经隐约可见了。突然，汤姆紧紧抓住爸爸的胳膊。“爸爸，等一下！”他提醒父亲停下来，“我感觉好像听到有东西在移动——”

他的话还没说完，就倒吸了一口凉气。一个模糊的身影从路旁的灌木丛里窜了出来，右手握着一把长刀。

“谋杀犯！”袭击者大声喊着，“你们不是要摧毁整个世界吗？恐怕你们没机会活到那个时候了！”

第二章 精妙的发明

黑暗中袭击者挥舞凶器，将手中的长刀恶狠狠地横扫过来，斯威夫特先生急忙闪身躲开。

汤姆出于本能，猛地扑向袭击者，扼住他的手腕。袭击者就像一只走投无路的老鼠一样垂死挣扎，在地上扭来扭去，又抓又踢，试图将握刀的那只手挣脱出来。

但是汤姆丝毫没有松懈，用右拳不断击打袭击者，直到他双膝瘫软，软绵绵地倒了下去，长刀也滑落到地上。紧接着，汤姆又一记勾拳彻底将他击倒在地。

汤姆立即转身朝向爸爸，见他正紧紧抓住手臂，衬衫袖子上满是血迹。“爸爸！您没事吧？”汤姆紧张地询问道。

“没事，儿子，只是擦伤。快看看他是谁。”

汤姆立即掏出一个微型手电，照向倒在地上的敌人。只见他皮包骨头、双颊凹陷，身上衣衫破旧，头发又长又乱。

“以前从没见过他。”汤姆嘀咕着。

“毫无疑问，是一个被误导的莽汉。”斯威夫特先生的声音中透露出几分对这位袭击者的怜悯，“咱们最好还是把他带回家吧。”

这个男人很快就恢复了体力，已经可以自己站起来走路了。汤姆没有给他任何可乘之机，用手帕将他的双手反绑在背后。这名俘虏一路上都语无伦次，喃喃自语，一直到了斯威夫特家门口。

汤姆的母亲和他的妹妹桑迪站在前门迎接他们，桑迪比汤姆小一岁。她们见到眼神昏暗的俘虏和斯威夫特先生那浸染鲜血的衣袖时，忍不住惊叫起来。

汤姆更加用力地绑着俘虏，然后打电话给工厂的辛普森医生，接着又打给斯威夫特企业集团安保主任哈伦·艾姆斯。

几分钟后，尖锐的喇叭声就响了起来，一辆汽车停靠在屋外碎石铺成的车道上。走进来的是身材修长、双眼乌黑的哈伦·艾姆斯，一同前来的还有健壮结实的菲尔·拉德纳，他是工厂警署负责人。他们进屋后立刻对俘虏展开了审问。

“好了，老实交代吧！是谁指使你这么做的？”艾姆斯吼道。

这人面色阴沉地瞪了艾姆斯一眼，双眼发出狂热的光：“我要拯救这个世界，拯救所有人的生命！你们难道不明白吗？汤姆·斯威夫特父子才是真正的罪人！”

审问还没结束，年轻的辛普森医生也赶到了这里。他仔细检查了斯威夫特先生的胳膊，所幸刀口不深，只是皮肉伤。医生对伤口进行消毒后，用绷带包扎了起来。接着又对俘虏做了快速的检查，他只是有些擦伤。

艾姆斯和拉德纳对这个陌生男子进行了盘查，又严加拷问，可他却什么都不说，连名字也不肯讲。艾姆斯高声说道：“这个人身上只有三十二元，没有任何身份证明。估计他就是受到新闻广播的刺激，被愤怒冲昏了头脑。我们会将他移交给肖普顿警察局处理。”

第二天一大早，在斯威夫特家洒满阳光的角落，汤姆和爸爸正在享用早餐，这时收音机里传出一条令两人都感到十分震惊的消息。

“近日，世界各国首都的人们激动不已，”播音员说道，“有传言称C国——”斯威夫特父子刚听到这个一直与A国对立的国家，就立即警觉起来。“与新出现的奇怪卫星脱不了干系。”播音员继续说，“截至目前，C国政府尚未证实或否认该传言。专家们以此为证据，指出C国人应为此事负责！”

汤姆和斯威夫特先生面面相觑，神情非常忧虑。

“爸爸，恐怕这会引起更大的恐慌！”

“儿子，没错。我们最好立刻动身去天文站继续观察！”

汤姆驾驶着他的运动跑车，飞速赶往实验站，十一点前就完成了全部测算。测算结果显示这个新的天体环绕地球做轨道运动，如同第二个月亮。汤姆绘制了轨道图，发现它距离地球大约八万千米远。根据测算结果，这颗小卫星的自转速度与地球相同——每二十四小时为一天。

“好吧，看来有一件事是可以确定的，”斯威夫特先生说道，“这颗新卫星是自然天体——很可能是一颗小星球。”

“那也就是说它并不是我们的外星朋友或者C国人制造出来的。”汤姆补充说。

斯威夫特先生若有所思地点了点头，此刻他心里正琢磨着其他的一些发现。显然这颗卫星上并不存在大气层，不过上面却发现了大量的静电物质。

“爸爸，这有些东西你可能会感兴趣。”汤姆边说着边递过来一张纸，上面写满演算的公式和方程。

斯威夫特先生仔细看了看汤姆的数据，脸上露出困惑的表情：“你是说它的引力竟然为地球的二十分之一？”

“爸爸，没错。”

“那实在是不符合自然规律啊！这颗卫星直径只有四十八千米——这么小的体积是不足以形成如此大引力的！”

“是呀。”汤姆的眼里满是激动，“这么大的引力一定是人为造成的！”

“换句话说，是外太空的智能生物制成的！”

这对父子又一次相互凝视，相同的想法萦绕在他们的脑海中。

难道这是外星朋友某个计划的一部分？

斯威夫特先生向后猛推椅子，突然站起身来：“汤姆，我想咱们最好马上召开一场记者招待会以公布我们的发现，这样做有助于消除公众的恐惧情绪。”

汤姆点头表示赞同：“我这就打电话进行安排。”

还没有到午餐时间，新闻和摄影记者们就依次进入大楼的接待室，那里距离正门很近。下午一点整，斯威夫特先生走进接待室，汤姆和巴德陪同左右。不出所料，新闻记者们嗡嗡地议论起来。斯威夫特父子登上讲台，面向观众，开始就两人的发现进行说明。

记者会进行中，一位身着鲜绿色运动外套的年轻记者态度恶劣地大声喊道：“说了这么多，你们打算什么时候不再故弄玄虚，开始讲点你们真正了解的东西呢？”

“你是什么意思？”汤姆问道。

“我的意思是快告诉我们事情的真相！你们斯威夫特父子到底在搞什么呀？谁不知道你们在勾结那些所谓的外星朋友进行某种实验，就像范沃特教授昨天说的那样！所以你们休想让大家把你们刚才说的那些废话都咽进肚子里！”

还没等汤姆做出回答，巴德就朝这个无礼的记者攥紧了拳头，大踏步走到了记者面前："听好，自作聪明的人，你是这儿的客人。如果你有什么看不惯的，请马上离开！"

"好小子，你赶我走呀！"

"好啊！因为这是你自找的！"巴德揪住记者外套的翻领，把他抡来抡去，拖起来就往外走。这个大惊失色的记者还在进行无助的抗议时，巴德就已经把他轰出了大楼，一直赶到正门外去！

"想要回来就先长点教养吧！"他对着那个气急败坏的记者大声地喊。

接下来的记者会进行得非常顺利。

午餐后，汤姆、他的父亲和巴德一行三人来到斯威夫特私人办公室。巴德注意到汤姆眼中闪过一丝光亮。"你在盘算什么呢？"他问道。

"我想我们应该来一次卫星探险之旅！"汤姆回答说，"爸爸，您觉得怎么样？"

斯威夫特先生咧嘴笑道："今天早上我也考虑了这件事情。"

"您当真？"

"千真万确。"

巴德兴奋地欢呼起来："太好啦！又一次太空航行！"

斯威夫特父子二人立即着手制定探险计划。他们叫来特伦特小姐帮忙记录，粗略估计了一次短期探险所需的设备、人员和供给的费用。

接着汤姆回到实验室，继续研究他最近开始的一项发明。"这次航行可能会用到它。"他对一旁盯着看的巴德说。

突然从门口传来低沉洪亮的声音："这是在搞私人聚会，还是谁都能参加啊？"

两个男孩抬起头，只见一个龇牙裂嘴、长着罗圈腿的人溜溜达达地走进来了。他叫乔·温克勒，之前在德克萨斯州的流动炊事车上做厨师，现在来到斯威夫特家工作，是探险之旅的厨师。他体胖、秃顶、晒得黝黑，就像是在沙漠里被阳光炙烤过一样。他像往常一样穿着花哨的牛仔衬衫，还把衬衫塞进褪色的牛仔裤里。

"嗨，乔！"汤姆招呼他，"进来吧。"

"那到底是个啥？"乔盯着汤姆工作台上的一台设备问道，"看着像在草地上向四周喷水的那种洒水器——也有点像只银蜘蛛。"

汤姆大笑起来："乔，这是空气制造机的模型。"

"你的意思是，这玩意儿能制造出空气？"厨师皱了皱眉头，"那我就纳闷了，为啥要造空气呐？现在这些不够喘气用吗？"

"在地球上是够了。但是在月球和其他行星上，太空航行者就没这福气了，他们必须自制空气。"

"好吧，可别忘了我的氧气罩！"

"说到氧气，"汤姆咧嘴笑道，"我发明的机器不仅可以制造出氧和氮的混合气体，还能够让这些混合气体附着在一起，这样即使在引力不足、难以让物体固定不动的条件下，也能保证气体不会慢慢地发散掉。"

乔怀疑地朝汤姆皱了皱眉："怎么能把气体粘在一起呢？难不成还要加点胶水么？"

汤姆轻声笑着说："使用微惰煤（这种特殊物质是汤姆从非洲核火洞穴的岩石中提炼合成的。）这么说吧，当微惰煤受到辐射时，自身会产生大量的高能量波。接下来，这种高能量波就可以让气体分子之间相互吸引了。”

乔的脸上挤出一丝笑容：“孩子，你说的我一个字也听不懂，不过既然你都这么说了，我估摸着你的发明一定能成功！”

“我也是！”巴德叹了口气，说道，“你说的内容远远超出我的理解范围！”

“这会超出我们所有人的想象，”汤姆指着机器的设计图说道，“‘蜘蛛’将会悬停在空中一百五十米高的位置上。”

巴德一脸茫然：“但是要靠什么支撑它啊？”

“拉迪德——也就是放射性定向离子束。机器被带电粒子流产生的压强托起来，就像水柱托起乒乓球那样。当然，这种离子束也能辐射微惰煤。”

“嗯，就这么简单？”巴德不动声色地揶揄道。紧接着他改变了话题，问道，“这次探险需要多少火箭来运载全部补给啊？”

“我们通过一艘太空飞船完成一切运载。”这个年轻的发明家郑重其事地说，“我计划由你、我、乔和企业集团员工中精选出的一组成员来操控‘泰坦’。”

汤姆说的“泰坦”是即将在费林岛上斯威夫特火箭基地里建好的一艘巨型原子能动力太空飞船。“如果我们加快步伐，又能顺利获得A国政府的批准，”他接着说，“我们就会成为第一批到达小月亮的人了！”

这个计划让汤姆一直兴奋到晚餐。他回到家时，斯威夫特先生说出了一个令人不安的消息：“儿子，W城那边希望我们明天早上能够亲自去一趟。打来电话的官员拒绝说出原因，恐怕我们是去接受调查，可能要对卫星事件造成的恐慌负责。”

第三章 绝密计划

第二天早上，汤姆和斯威夫特先生乘坐公司的喷气式飞机很快抵达了W城机场，之后被一辆政府的豪华轿车迅速带到了办公大楼。

在一间大型会议室内，一位秃顶的国防部官员卢瑟·赫尔姆先生向他们热情地打招呼。“你们的前来让我们倍感荣幸。”他对斯威夫特父子俩说，“这里有一件事需要你们的帮助，情况非常紧急。”

赫尔姆向他们介绍了小组里的其他成员，包括多位陆、海、空的高级官员，还有很多政府科学家。

“先生们，”赫尔姆开始说，“现在的情况是这样的。这颗新发现的卫星可能会成为一个极有价值的军事目标。可以想象，任何一个拥有它的国家都可以称霸全球。更为重要的是，拥有它就相当于拥有一个完美的、能够为未来的太空探索提供基础的宇宙空间站。”

与会人员纷纷表示赞同，小声附和着，汤姆和他的爸爸面面相觑。他们没有被训斥，那为什么就被带到了W城?

“因此，”赫尔姆继续说，“我们已经决定派出一只探险队登陆卫星，宣称它为A国领土的一部分。斯威夫特先生，我们一致认

为您和小汤姆是探险军领队的最佳人选。对此您有何意见？”

听到这，汤姆和他的爸爸大吃一惊，随后满心欢喜。这样的结果和他们预期是完全不相同的。

“这是我们的荣幸。”斯威夫特先生说，“这意味着重大的责任，但是，我和汤姆已经做好准备，尽己所能为国家服务。对此我们自然是欣然接受的。”

“太好了！那你呢？汤姆，你感觉如何？”

年轻的科学家咧嘴大笑：“我本来打算前往‘小月亮’进行一次短期简单的私人探险，‘小月亮’是我们给那颗小卫星起的名字。现在我们得到了更多、更有价值的鼓励和支持。”

赫尔姆先生笑了笑，对斯威夫特父子的支持表示感谢。之后又向他们询问了在“小月亮”上生存的概率。

“如果不穿太空服的话，没有任何可能，”斯威夫特先生回答道，“除非我儿子的最新发明可以在那里得到实际的应用。”他提到了空气制造机。

会议成员们听到这都非常感兴趣，其中一位科学家问：“你是准备使用压缩的气体吗？”

“我最初的想法确实是这样的。”汤姆回答道，“但是我现在希望能够在卫星上找到必需的元素，以制造出所需的各种气体，构成长期稳定的大气环境。”

会议成员们开始认真考虑登陆计划的细节。因为斯威夫特父子已经提前对探险所需要设备的数量和资金投入进行了估算，因此他们可以直接提出准确的数字。

“有些事情斯威夫特父子俩必须知道。”一位官员强调，“我们得到可靠情报，C国人正在紧张筹备他们的探险之旅。他们想要最先登陆卫星，然后在上面建造军事基地！无须多说，你们应该很清楚，这对整个世界来说意味着什么。”

“A国必须首先登陆卫星。”一位空军上将斩钉截铁地说。

“我们会竭尽全力实施计划的。”斯威夫特先生承诺道。

赫尔姆点点头：“此外，我们倾向于让斯威夫特企业集团的员工们负责安全事务，但如果出现任何紧急情况，政府官员也会到场。”

“还有，”赫尔姆继续说道，“这是一份政府的科研小组成员名单，这里的每一个人都是我们精心挑选出来的。”他递给斯威夫特父子俩一份打印好的名单，里面包含每一个人的详细资料。

汤姆和他的爸爸仔细看了这份名单，很多是他们熟知的名人。

“有什么异议吗？”赫尔姆问道。

斯威夫特先生摇摇头：“据我所知，他们都很棒。汤姆，你也是这样想的吗？”

“爸爸，当然了。”

“既然如此，”赫尔姆说，“我会通知这些人员尽快赶到斯威夫特企业集团，开始与你们合作工作。”

几分钟之后，会议解散了，斯威夫特父子俩很快飞回了肖普顿。年迈的发明家把胳膊搭在儿子的肩膀上：“汤姆，你将担任这次探险的负责人。虽然我会在各方面协助你，但是你始终是这次探险的关键人物。”

“谢谢爸爸，我不会辜负您的信任的。”

很快，斯威夫特企业集团的员工都充满了干劲。团队成员们夜以继日地工作，为此次太空航行准备补给和设备。

斯威夫特父子俩从W城回来的第三天，一架军用喷气机着陆在企业集团的跑道上，飞机上是最先赴任的三名政府科研小组成员。

汤姆和巴德驾车在机场迎接了他们。那个高个子男人穿着做工考究的套装，大步向前。他身材健壮，没戴帽子，留有泛灰的鬓角，俨然是一位高级企业家。

“小伙子们，你们是来迎接我们的吧，嗯？”他用低沉而洪亮的声音说，“哦，赶紧出发吧！带我们去见见你们的负责人！”

“事实上，我就是整个项目的负责人。”汤姆笑着说。

“什么！”他的脸上露出了难以置信的表情。

“我是小汤姆·斯威夫特。想必您是杰森·格雷夫斯先生吧。”汤姆通过电报提前对他的到来做了充分准备。他很清楚格雷夫斯拥有一座实力雄厚的大型冶金研究工厂——他因多次圆满完成国防合同而名扬国内外。

格雷夫斯与他握了握手，轻声笑了笑：“小伙子，咱们的玩笑也开得差不多了。我可是来和你爸爸打交道的。”

“很抱歉，我爸爸此时正在我们位于费林岛的火箭基地中呢，”汤姆回答说，“他负责运载火箭的准备工作，它会将我们的补给运送至空间站，我们在前往‘小月亮’前都会停留在那里。格雷夫斯先生，所以您会和我一起合作，我将是这次太空探险任务的机长。”

格雷夫斯的脸变成了酱紫色：“你是说，我要服从一个十八岁孩子的指挥？”

巴德被激怒了，汤姆却镇定自若，说道：“格雷夫斯先生，很抱歉，这种情况可能很令人难以置信。但是我确信在相互了解之后，我们一定会合作得非常愉快。”

当格雷夫斯努力地接受了这个事实，决定为一个比他年轻许多的人工作后，他向大家介绍了他的两位同伴。首先是肯特·罗克兰，他是一名魁梧健壮、讨人喜欢的冶金工程师。另一位是亨德里克·加特扎克博士，是全世界最优秀的天文学家之一。加特扎克博士是个有点腼腆的小个子男人，他身材精瘦结实，一头浓密的黑发，带着厚眼镜，眼睛炯炯有神。

“先生，我很荣幸能和您一同工作。”汤姆边握手边说道，“从我儿时起，我就是您的崇拜者了。”

“年轻人，我也是你的一个崇拜者。”加特扎克博士轻声说道，“我认为斯威夫特是现代科学界的名人啊。”他的眼睛闪闪发亮，补充说道：“就我个人而言，无论是听从老汤姆还是小汤姆的指挥，我都感到非常荣幸。”

听着他对杰森·格雷夫斯不动声色的揶揄，巴德忍不住乐了，把格雷夫斯气坏了。

汤姆带着客人们乘吉普车快速参观了实验站，然后给每个人都分配了任务。

接下来几天，其他几位顶级的科学家和工程师也都相继到达，迅速开始了各自的工作。其中有两位是A国农业部的年轻专家吉姆·史蒂文斯和罗恩·科里，他们主要研究如何使农作物快速生长。

“不知道他们会不会派几个农民到卫星上呢！”巴德开玩笑地说，他正和汤姆陪同新来的客人们在企业集团的自助餐厅享用午餐。

史蒂文斯笑了笑，回答道：“我们的任务是在卫星上培育出可长期生长的农作物。”

“你们确定出发时间了吗？”科里问汤姆。

“时间已经确定，但是出于安全考虑，暂时只有我和爸爸知道。”汤姆回答说。

巴德假装抱怨：“这里的所有事情都是保密的，就连老鼠都开始抗议了！”

出发前一周的一个下午，汤姆正在实验室里和汉克·斯特林工作。汉克方形下颌，是斯威夫特制模部门的总工程师。他们正在忙着测试汤姆空气制造机的等比例模具。

突然间，巴德·巴克利冲了进来，大声喊道：“嘿，机长，快来看下这个！”

他挥了挥手里的那份《肖普顿晚报》，上面用硕大的字体写着：

斯威夫特父子领头A国卫星探险

下面的文章是关于这次行动任务的全部细节，包括具体的时间、出发的日期、载人太空飞船的型号，还有部分成员的名字！

“这里包括我们的全部信息呀！”汉克·斯特林气喘吁吁地说。此时，他正站着汤姆身后读完了整篇文章。

“但是谁会泄露这些信息呢？”巴德大声说道。

汤姆愤怒又沮丧地说不出话来。“很快就会真相大白！”他强忍着愤怒说道。

汤姆抓起电话，打给《晚报》，要找那位撰写文章的编辑。“你是从哪里得到那些关于太空探险的信息的？”他问道。

丹·帕金斯感到出乎意料：“怎么了，当然是你的手下啊。还能是从哪儿？”

“从我们这儿？”

“当然啦。”帕金斯说他收到了一份格式规范、日期准确并提供了全部信息的新闻稿，而且用的是斯威夫特企业集团的信笺抬头。“你是说新闻报道是伪造的？”他大声喊道，但突然又意识到有些事情不太对劲。

“我是说这些都是绝密的。”汤姆大声说，“这些情报会涉及全世界的安危！”

帕金斯长叹一口气，然后开始道歉，但是汤姆打断了他：“丹，这不是你的错，你也是好心刊登了报道。但是从现在起，任何相关的新闻报道在发表之前都要和我商量！”

片刻之后，汤姆提醒哈伦·艾姆斯和工厂的安全部门要加强警备，艾姆斯马上赶往汤姆的实验室和他协商此事。

“有关探险队成员的文件你放在哪儿了？”安保主任问道。

“在我们办公室的保险箱里。”

“我们会对每个可能出入你办公室的人进行严加盘问。那出发日期呢？”

“这个从来没有写下来过。一定是有人窃听了我和爸爸通话得到的。”汤姆眉头紧蹙，陷入沉思，补充道，“斯威夫特企业集团的信笺抬头很可能是从印刷工人那儿偷的。”

调查进行了一整晚。他们对每一个在职员工和所有与这次探险任务有关系的人，哪怕仅有一点关系的，都进行了盘问和排查。

第二天上午，汤姆和爸爸一起快步走进工厂，他爸爸刚刚从费林岛飞回来。他们首先叫来了艾姆斯，一夜的审问让他精疲力竭，面容憔悴，满脸胡茬。

“有什么进展吗？”汤姆焦急地询问道。

艾姆斯沮丧地摇了摇头：“一点线索也没有。”之后他从口袋里掏出来一个信封，放到了斯威夫特先生的办公桌上。

发明家皱了皱眉，很茫然：“这是什么？”

“我的辞职信。”艾姆斯满脸苦闷地说，“我干不下去了。”

第四章 太空遇袭

汤姆和爸爸一时间目瞪口呆。斯威夫特先生瞪大了双眼，仔细打量着安保主任。

“哈伦，你为什么要这么做呢？”他不禁开口问道，“难道你是真的想辞职吗？”

艾姆斯难过地耸耸肩说：“我还能怎么办呢？自己没能做好安保工作，现在又查不出是谁泄露了机密信息。”

“胡说！”斯威夫特先生反驳道，“你已经采取所有的安全措施了，但是我们现在面对的是诡计多端的敌人。想要预先阻止这次信息泄露是不可能的。”

艾姆斯从衣兜里掏出一张皱巴巴的电报，说：“这是调查局发来的，他们的探员要前来协助调查。我确信因为那些组织探险任务的官员认为是我把整个安保工作搞砸了。”

“反正我并没有这么想，”斯威夫特先生说，“我还是希望你能够留下来。”

汤姆接着爸爸的话，也来劝说艾姆斯重新考虑：“哈伦，你现在不能辞职。我们需要你的帮助来抓住那个泄露秘密的人！”

汤姆为了彻底解决这个问题，亲手撕碎了辞职信，并把它扔进了废纸篓里：“好了，问题解决了。你还是企业集团的员工！”

艾姆斯不禁红了脸咧嘴笑着，表示同意留下，随后急忙走开继续工作去了。

汤姆向爸爸转过身来，神情严肃地说："爸爸，我们现在只有一个办法能打败C国人，或者其他任何想要称霸'小月亮'的国家，那就是全面加速，提前出发！"

年老的科学家点头赞同："汤姆，你说的对。要是一切顺利的话，今晚十二点前第一批运载火箭就能准备发射了。"

"爸爸，太棒了！我们昨天下午测试了空气制造机的模型，运行效果堪称完美！主要铸件昨晚也已经浇铸好了，如果汉克能督促工人加快工作进度的话，我想今晚就能完成整体组装。"

斯威夫特父子俩简单地握了握手就分头去工作了。斯威夫特先生立即动身飞回费林岛，两小时后，一架运输飞机搭载着探险所需的大型设备紧随其后。同时，又有几架飞机离开小岛，飞往企业集团机场，机修工们忙碌地跑来跑去，为这些往返于火箭基地的飞机补充燃料并进行维护。

汤姆正看着第一枚火箭起飞时，巴德走了过来，问："机长，为什么你改变计划，使用运载火箭呢？我记得你说过所有装备要跟我们一起由'泰坦'运过去的。"

汤姆咧嘴笑道："最后会用的。运载火箭会将重型补给首先运送到空间站，"他解释着，"然后'泰坦'将在那里进行装载，开启真正的卫星之旅。"

几个月以前，汤姆在距地球三万六千千米的太空中建造了空间站基地，用来生产太阳能电池——一种革命性的新型可携带能源。

巴德一脸茫然，“为什么不能在地球上装载‘泰坦’呢？”他问道。

“如果满载的话要耗费大量燃料才能达到运送速度，”汤姆回答道，“而照目前的计划，我们通过简单的两步就可以完成操作——助推‘泰坦’进入空间站，然后在那里装载重型补给，接着完成下一段航程。”

在巴德的帮助下，汤姆整个早上都在全力检查设备、发布命令和监管飞机载荷。下午四点，汤姆召集所有飞行人员开了一个简短的说明会。

汤姆站在黑板前，对大家讲道：“现在，不排除外国间谍正在对我们的无线电信号进行持续监听。为保证行动秘密进行，我们会使用一种特殊代码。代码由普通的日常词语构成，用以代替飞船名称、零部件名称、人名等。比如说，‘闪电’是指‘泰坦’。”

汤姆在纸上用代码写下几条信息进行演示，随即进行翻译。“另外，”他继续说，“如果出现紧急事件的话，我们就用星尘代替国际求救信号——无线电呼救信号。我会将代码印发给你们，每人一份。”

开完会后，汤姆骑上摩托车赶到施工棚，空气制造机正在那里进行组装。铆锤声叮叮当当、焊接枪闪着蓝白光、工人们即将完成钛制燃料箱的安装。

“汉克，进行得怎么样了？”汤姆问道。

“八点前，一切都会准备就绪。”工程师回答说。

汤姆拍拍他的背，鼓励说：“再接再厉！那我过会再来检查。”

汤姆马不停蹄地赶往电子实验室，看到拉迪德发电机的组装工作已经接近尾声。

临近夜里十点钟，整个空气制造机的组装、测试以及拆卸工作全部完成。一小时后，这些零部件已经由飞机装载，在运往费林岛的途中了。

汤姆回到家时已是午夜之后，经历了一天陀螺式的工作，他早已疲惫不堪、哈欠连天了，正准备倒床便睡，视频电话又响了起来。汤姆立刻就清醒了，急忙冲到一楼接起电话。

“爸爸！”汤姆喊道，斯威夫特先生的脸庞出现在屏幕上。

“我就是想告诉你，第一枚运载火箭已经在12:37成功发射了。”

“爸爸，太棒了！这边的工作已经结束了，明天我们就去岛上与你们会合。”

第二天一大早，所有参加此次探险的工作人员都乘飞机来到了火箭基地。汤姆和巴德在中午前乘直升机出发，这架豪华飞机在空中疾驰而去，很快，费林岛就出现在两个男孩眼前。

这座小岛位于大西洋沿岸，由拇指状延展而来的沙丘和杂草丛构成，出于机密和安全的考虑，政府将其划为禁区。汤姆向控制塔发射无线电波，以避开基地的无人机侦查。接着直升机减速，展开螺旋桨，悬停在空中，并未着陆。

五千米长的小岛在两人眼前绵延开来。北面港区的油罐车正在卸载燃油。岛内的发射场上，一排排大型银色火箭箭头朝上直指苍穹，地面上蚂蚁大小的人们围着火箭忙来忙去，东奔西跑。

“那就是‘泰坦’！”巴德激动地说道，望着远方的一艘巨型太空飞船，它和周围的飞行器比起来如同庞然大物一般。

汤姆点点头："马上就要竣工了，但是还需要搭建一座特殊的发射台。想要上去参观一下吗？"

"带路吧，机长！"

两个男孩在岛上机场着陆，进行登记后便马上驱车穿越基地去参观"泰坦"。

"天啊！"巴德长吸一口气，仰头观望，"它高得简直就如同一幢摩天大楼！"

"我们坐电梯上去吧。"汤姆提议说。

两个男孩走进小电梯厢，电梯沿飞船外壁向上升去。途中，汤姆指出船体外壳整体都涂有千分之一厘米厚度的微惰煤。

"这种涂层保护它免受宇宙射线的强烈辐射。"他告诉巴德。

"泰坦"和运载火箭一样，下面两层配有液体燃料驱动，一旦飞船驶离地球大气，就会使用上面的原子能火箭发动机驱动。

电梯到达安全舱口，两个男孩登上飞船。巴德惊讶得张大嘴一时喘不过气来，"我的天啊！这是什么——商务舱吗？"

汤姆得意地环顾着机组人员的住舱："和我们早期的火箭很不一样，是吧？"

舒适的床位安放在舱壁旁边，每个人都配有私人换衣间，这里甚至有一间藏书丰富的图书馆和小型休闲室。

汤姆继续说："这层舱室的下面就是货舱，那边的那扇门通向乔的厨房。"

电梯带着他们又向上升了一层，汤姆带巴德参观了应急修理用的机修车间，里面配有电动工具、工作台、量具，还有几架子的小零件。

“现在我们去参观一下实验室吧。”汤姆说道。

汤姆顺手关好拉门，启动主照明装置。此时，巴德惊讶地瞪大了双眼：内部舱室又分成许多个独立的小隔间，每个隔间是针对不同学科的科学研究进行设计的。

有一个隔间里全都是各式各样的曲颈瓶和试管，还有几个装满了化学药品的架子；另一间里全都是各种各样、闪闪发光的电子测试仪表；还有一间堆满了光学器件和透镜研磨设备。

接下来，两个男孩参观了位于飞船头部的机组舱。两排加速座椅的旁边是一组组仪表盘、观察镜和操纵杆。

“我实在是等不及要看看你是怎样来操作这些东西了！”巴德嬉笑地说。

“其实这些和‘星剑’的操作方法基本一样，我相信你很快就会熟练掌握的。”汤姆承诺说。

汤姆过去所设计火箭的助推器使用的都是乙醇加液氧混合燃料，而这一次他所设计的这种火箭燃料增能喷射器创新性地利用太阳能将液化氧气转化为蓝色液态臭氧。

“不是说使用原子能进行驱动吗？”巴德问。

“等我们到了控制台，我再和你慢慢说。”汤姆回答他。

两个男孩原路返回，从安全舱口出来，乘坐电梯来到地面。刚踏出电梯厢，公共广播中就传来一阵低沉的嗡嗡声：“汤姆·斯威夫特，听到后请立即到通讯室。”

两个男孩忧虑地相互望了望，便匆忙赶到配有无线电和雷达跟踪装置的混凝土掩体。身材瘦高、一头黑发的乔治·迪林是这里的负责人，他焦急地说道：“孩子们，恐怕汉克·斯特林乘坐的运载火箭失联了！它上升到一万六千米的高度后，我们就再也没有收到它的无线电信号了。”

汤姆脸色苍白：“汉克在最后一次联络时，有向你报告过任何故障吗？”

“没有，他的设备报告显示一切正常。”

“那么继续呼叫他，不要中断！”汤姆表情严肃地命令说。

两个男孩在通讯室内不安地走来走去，迪林使用识别代码继续呼叫火箭：“基地呼叫‘罗茜’，请回答！……基地呼叫‘罗茜’，请回答！”

经过了几分钟令人窒息的沉默，突然，接收器开始有了响声。汉克·斯特林声音听起来有些紧张，他用代码汇报说火箭遭遇了袭击，有不明飞行器向它发射火箭弹进行攻击。

由于运载火箭并未装备任何武器，汉克只好采取撤退策略才得以安全脱逃。为避免再次被发现，他只能令无线电通信处于静音状态。但是目前他的燃料基本上已经消耗殆尽——不足完成一次着陆！

这条简短的无线电讯息最后响起了悲痛的“星尘！星尘！”

汤姆伸手抓过麦克风，用代码指挥汉克利用最后仅存的一点燃料进入卫星轨道，成功后向基地报告坐标。

几分钟后，汉克使用无线电进行回复。汤姆确认收到信息后，长舒一口气，轻声笑着说：“汉克，我们会派出租车过去接你，不会让你们步行回家的！”

汤姆将麦克风还给迪林，又拿起电话。在他下达一系列严密细致的命令后，整个基地上上下下都开始忙活起来。一辆辆油罐车轰鸣着驶向发射场，把乙醇和液氧注入“星剑”中。机修工和技术员一直围绕在飞船周围，进行起飞前的准备工作。

计算机飞快地计算出前往汉克所处轨道的飞行方案，输出结果变成了磁带上的一排排孔洞，输入到自动导航仪中。

收到汉克信息的一小时后，汤姆和巴德已被紧紧固定在驾驶舱的座椅上，等待飞船发射。地面上的人们都来到后，开始进行倒数计时。

一声巨响，飞船升空，以闪电般的速度驶向大气电离层。两级火箭助推器由电子计时器控制，一级一级地脱落，掉进大西洋。

这时，加速度有所减缓，两个男孩解开安全带，把座椅调节为坐靠模式。

“星剑”升到三千米高空后，宇宙射线测高仪闪烁起红色警戒信号。汤姆打开转向电机，进入轨道飞行模式，然后开启了雷达进行搜索。很快，雷达屏幕上就显示出物体光点。

“打开舱门！”汤姆下达命令说。

巴德按下电钮，随即驾驶舱透明的金属罩开始向后滑动。

“汉克在那儿！”汤姆大声喊道。

前方一枚银色的火箭闪闪发光，虽然它此刻正以每小时数千千米的速度在轨道中进行运动，但是看起来似乎静止在太空当中。

汤姆操纵“星剑”靠近汉克的火箭，他利用磁力钩绳的无形力量将它们牢牢地固定在一起。然后，两个男孩迅速穿上太空服。

汤姆的心怦怦直跳，他心里很清楚最危险的时刻即将来临！

第五章 定时炸弹

戴上宇航员头盔之前，汤姆用无线电联络了运载火箭。“一切都还好吗？”他用代码问道。

“因为你来了，所以一切都好！”汉克欣喜地回答道，“机长，今天的训练科目是什么呢？”

“尝试弃船。你的队员怎么样？”

汉克迟疑了一会儿才做出回答：“汤姆，他们的状态不是很好。”

“我就担心会这样。”汤姆眉头紧蹙，“以最快的速度准备好你们的太空服，随时待命。我现在就要来检查你们密封舱的状况。”

过了一会儿，困在火箭中的人们看到“星剑”号的安全舱口被打开了。汤姆全副武装，戴着透明的头盔出现在他们面前，手里紧紧握着一根钢索。

他小心翼翼地触动了太空服上的便携式反作用力喷气装置，发力使自己进入太空当中。过了几分钟，他抵达运载火箭。

汉克打开密封的舱门，汤姆把钢索固定在舱口的悬挂装置上，通过密封舱进入火箭。

汤姆在火箭里面卸下头盔，汉克·斯特林亲切地拍击着他的肩膀：“小伙子，我可想死你了，机长！”

“我也一样，汉克！”

汤姆环视四周，打量了舱内的队员们。只有汉克和一位企业集团年轻的技工鲍勃·杰弗斯是之前参与过太空飞行的老队员，其余三个人是政府派来的新人。他们脸色苍白，无精打采地抓着管子和柱子。

“进入太空，实在有些令人兴奋。汤姆，我想他们需要一些时间去适应零重力的环境。”汉克指了指汤姆发明的协助太空新成员适应零重力环境的练习装置，解释说。

汤姆转向了那三个东倒西歪的队员：“请在头脑里想象一下，你们非常喜爱我的火箭，好吗？”

他们三个都积极回应道：“怎样能摆脱这个板条箱啊？”其中一个微弱地笑着。

汤姆描述了他的救助计划，最后说道：“我怎么做，你们就模仿我的动作做，尤其是，千万不要松开钢索。否则，你就会渐渐失去着力点，飘进无尽的太空里，那样的话我们能够救回你的概率就非常小了。”

运载火箭上的队员们穿上了太空服，随后汤姆在前，带领他们穿过密封舱。他持续关注着队员们的状态，以防危险事件发生。他回想起了自己第一次踏入太空时，满心都是恐惧！

他们奋力前进，紧紧抓住钢索，两手交互使用，向着“星剑”行进，几分钟之后，那段令人恐惧的太空行走结束了。巴德帮助他们登上了飞船，很快大家就开始在驾驶舱里休息放松。

“干得漂亮！”汤姆高兴地对队员们说，“你们都已经掌握了太空行走的方法了！”

鲍勃·杰弗斯留下来驾驶“星剑”号，汤姆、巴德和汉克回到运载火箭上。他们开始了单调乏味的工作，把火箭中的设备搬运到“星剑”号。这些火箭专家难以挪动体积巨大的燃料箱，只有喷气装置能给他们提供一些动力。

“哇！”巴德用麦克风气喘吁吁地说，“汤姆，我从来没有意识到这些家伙这么沉。这是为什么呢？”

“因为制作它们的材质超厚，这样它们就不会在太空中发生膨胀了。”汤姆解释说，“顺便说一句，你是在抱怨他们的体积，而不是重量。”

因为体积过于庞大，很多设备装置只能用绞车搬动，即使“星剑”上面仍有空间堆放这些大型设备，汤姆三人组营救的大部分设备也都是原子物件。

“幸好这些东西是用托马塞特做的保护层，不是铅块！”汉克轻声地笑了起来，“否则，我们可没有力气来搬动它！”

“汤姆，你发明的这种防辐射的塑料太棒啦。”巴德称赞地说，“如果没有它，根本就不可能造出‘蓝天女王’，托马塞特在企业集团产品中真是无处不在啊。”

将最后一台设备搬到“星剑”后，巴德关闭了舱口。然后汤姆关掉了磁力钩绳的开关，将运载火箭遗弃在太空中，也许就永远遗弃在这了。

“全员待命，准备降落！”汤姆大声地对大家说。

他打开陀螺仪，调整飞船行进角度，猛地打开节流阀，随即听到了火箭发动机的一声巨响。那感觉像是一辆飞奔中的重型卡车突然被踩了急刹车，“星剑”立刻失去轨道速度，螺旋式下降。

运载火箭像一颗彗星环绕着地球，又像刀子般快速地进入大气层。很快，在空气阻力的作用下，它发出了炽热的光。

向下俯瞰，太平洋蓝绿色的海水一闪而过，局部被云雾遮挡，若隐若现。前方就是北美大陆了。

汤姆向汉克询问了各种关于运载火箭遇袭的细节，但是汉克也不是很清楚，只能说："汤姆，这个问题现在还没有弄清楚。我想很可能是地球上的敌人想要袭击我们，但是也不排除是外太空生物这种可能性。"

当"星剑"掠过脊背一样的洛基山脉后，就开始急速上升，汤姆说："巴德，现在最好给迪林打个电话，让他知道汉克和队员们已经被成功营救了。"

"说得对，机长！"

巴德打开无线电开关，发送了这条信息。还没等他报告完情况，喇叭里就传来了迪林急促的声音。他的声音尖锐刺耳，充满恐惧，让巴德惊奇的是，他竟然没有用代码！

"坏消息！艾姆斯刚刚获得了一条情报，有人要蓄意破坏'泰坦'！"

"蓄意破坏！"汤姆万分沮丧，大声喊道，"乔治，发生了什么？"

"有人在火箭发动机喷管里安装了一颗定时炸弹！十五分钟之后将会爆炸！"

听到这个消息，汤姆和他的朋友们再一次陷入了绝望。A国探险队可能会因为太空飞船被损坏而无法实现此次探险之旅了！

汤姆看了一眼手表，然后回到控制台，坚定不移地说："我们一定要赶回去拯救'泰坦'号！"

“我们能及时赶回去吗？”巴德哽咽地说。

“目前我还不确定。呼叫总部，安排一辆吉普车等着我们。”

“星剑”最终登陆上岛的时候，已经过去十分钟了。男孩们急忙向吉普车跑去，汤姆跳进了主驾驶，巴德和汉克也紧跟着跳进了车。伴随着轰隆声，他们瞬间就开到了“泰坦”前。

技术人员和工人们在安全距离外，焦躁不安地转来转去。汤姆猛踩刹车，纵身一跃，冲到了飞船前。斯威夫特企业集团的首席模型工汉森站在“泰坦”尾部。

“现在什么情况？”汤姆简洁明了地问。

“肯特·罗克兰在第十二号喷管中发现了炸弹！他现在还在那里，想要把它拆下来！”

汉森指了指其中的一根排气管，排气管粗得能装下一个人。很快，汤姆迅速爬上通向排气管的梯子。肯特的声音在耳边回响：“别动，在那儿站着别动！你会干扰到我的！我已经找到定时炸弹了！”

“我是汤姆！需要帮助吗？”

“不用！给我两分钟，我就能搞定！”

巴德也跟着汤姆挤进了排气管，轻声说道：“他现在就剩两分钟了！”

第六章 双重危机

时间在一秒一秒地过去，人们紧张地关注着情况的进展。在排气管里的肯特是否能赢得这场与死神的比赛呢?

汉森心里充满恐惧，大声叫汤姆、巴德和肯特，催促他们一定要在定时炸弹爆炸前从上面撤退下来。为了回答汉森，汤姆向肯特询问拆弹的进展。

肯特冷静地说："还差一点了，你们随时准备好撤离！"

汤姆看了一眼自己的手表，夜光表面在黑暗中闪闪发光。还有不到二十秒炸弹就要爆炸了！

汤姆的额头冒出了冷汗，心脏像敲鼓一样怦怦直跳。他能看到头上肯特·罗克兰手电筒发出的光线，能听到工具接触金属的摩擦声。

突然传来了肯特兴奋的声音："已经将计时器拆下来了！"

汤姆松了一口气，浑身都瘫软了，差点从梯子上踩空。但一听到肯特的呼喊，又马上缓过神来。"哥们，你能接住吗?我这就把它递下去。小心！"肯特喊道。

汤姆小心翼翼地爬了上去，接过那可怕的东西，又将它递给了巴德。不一会儿，他们三个都平安返回地面，刺眼的阳光照得他们直眨着眼睛。远处的同事们看到他们都欢呼雀跃起来。

汤姆一时语塞，他紧紧地握着肯特的手表示感谢。巴德则拍了拍这个身材魁梧、满头金发的工程师。

“小伙，好样的！”他说。

这颗简陋的炸弹其实就是一台铅管装置，尽管它的引信已经被安全切断了，汤姆还是决定马上将其处理掉。在巴德的协助下，他把炸弹移到了机场，放到直升机里。然后两个男孩就驾驶着直升机朝大海的方向飞去。

飞机在波涛汹涌的蓝绿色海面上空盘旋着，汤姆说：“好了，就扔这里吧。”

“投放完毕！”巴德答道。过了几秒后，海面上溅起了十米高的水花。副驾驶座位上的巴德咯咯地笑了起来，他说：“我想我应该是刚好砸到鲨鱼的脑袋了。”

他们返回到岛上的机场时，哈伦·艾姆斯正在一辆吉普车旁兴奋地走来走去，等着迎接他们。

汤姆从飞机上跳下来，问道：“怎么了？”

“我们已经抓到那个安放炸弹的人了！”安保主任无比兴奋地回答。

“不是开玩笑吧！他在哪儿？”

“我们把他关在安全管理办公室了。上车！”

艾姆斯负责开车，两个男孩挤在副驾驶的位置上。车子嗡嗡地发动了，他们飞速穿越了岛屿。

在安全管理办公室，他们发现一群调查局探员正在审问两名工人。这两名工人都身着油渍渍的连体工作服，无论从体型还是外部特征来看都非常相似。

但是这两人态度和表情却截然不同：一个左眼上方有黑紫色

淤青，还龇牙裂嘴地笑着；另一个则戴着手铐，一副闷闷不乐、目中无人的样子。

“怎么这么像？他们是双胞胎吗？”巴德问道。

“看起来确实很像，不是吗？”一位探员回答说。

艾姆斯指了指那个眼部淤青的工人，说：“他叫查克·摩尔，住在F镇。上周成了这里的焊工，负责‘泰坦’排气管最后的焊接工作。摩尔，讲讲你知道的事情吧。”

摩尔猛拉旁边戴手铐的工人：“当时我正要去倒第二个班，这个卑鄙小人突然跳了出来，他猛击我的头部，然后把我拖到了一个废旧的空车库里。趁我还在昏迷时，把我绑了起来，并用东西塞住了我的嘴。”

艾姆斯插嘴：“想象一下，这家伙回去后会如何向别人吹嘘他炸掉汤姆·斯威夫特新太空飞船，从而毁掉整个探险队的计划！”

“是的，”摩尔继续说道，“但他大错特错了。”

正在这时，联邦调查局的负责人韦斯·诺里斯说话了：“这家伙拿着摩尔的电焊工具和工作证顺利地进入基地。他和摩尔长得实在太像了，任何人都没有产生怀疑。”

“那么谁向你揭发他的呢？”汤姆问道。

“是我。”摩尔答道，“过了一会儿，我挣脱了绑绳，以最快速度跑去找到电话，打给艾姆斯先生。”

“幸运的是，”安保主任说道，“炸弹没有爆炸，我们赶在这家伙离岛前抓获了他。”

汤姆冷静地仔细观察着这名囚犯。“你到底有何目的？”他问道。

这名嫌疑犯怒目而视，带着浓重的口音答道：“一旦A国军队在那颗卫星上建立基地，整个世界都将岌岌可危！和平民主也将毁于一旦！”

“像C国那样就和平民主吗？”韦斯·诺里斯嘲讽地说，“这家伙是有意出卖自己祖国的颠覆分子。”

“我不是！”破坏者哭喊着，“我是为了和平才来与你们这群恶霸斗争的！”

“行了，安静！”诺里斯命令道。

汤姆不想再理会这个囚犯，转过头向查克·摩尔表示感谢。“非常感谢你的机智勇敢，”他说，“要不是你及时打来电话，也许‘泰坦’和整个探险计划都会遭到破坏。”

下午晚些时候，汤姆回到肖普顿取小型计算机，此次探险活动中涉及很多不同的科学领域，而这些就是他为每个领域分别设计的电脑。汤姆兴致盎然，邀请巴德和肯特飞到斯威夫特家与他共进晚餐。

飞机在企业集团机场的跑道降落，随后他们来到了电子实验室参观这批全新的计算机。肯特看到这么小的计算机，感到十分惊讶。

“你们怎么做到的，这些计算机真的非常便携！”他吸了口气说道，“还没有算数计算器大！”

汤姆自豪地点点头说：“多亏有晶体管，我相信这些是目前为止最微型的计算机了。”

“这些‘麦克风’是干什么用的？”巴德问道。

汤姆解释说：“这是一种新创意。目前绝大多数计算机都需要一个专门的、训练有素的人员在编码带上处理问题，但有了这些小麦克风，你只需要对着它们说出问题，录音磁带就会将问题录入电脑，然后这些问题就会被翻译成电子脉冲了。”

汤姆指着其中一台计算机说：“比如，这台是我专门为吉姆·史蒂文斯和罗恩·科里设计的。它可以处理植物生长过程中面临的一切问题，包括温度、水分、激素、矿物质微量元素等。假如吉姆想要知道如何在卫星上种出个体积最大、水分最多的胡萝卜，这个计算机就能帮他找到答案。”

汤姆写下了一根胡萝卜生长的示例方程，然后打开计算机，敲了几个键，对着麦克风说出了这个问题。不一会儿键盘上的灯亮了，计算机里吐出了一条长纸带。

汤姆把它撕了下来，说：“这就是你们想要的答案了。”

肯特·罗克兰崇拜地大叫起来：“要没有这个，得花多少时间反复试验才能得出结果啊！”

巴德也感到十分佩服。“太遗憾了，我高中要有台这样的机器就好了。”他咯咯地笑着说，“当时我的作业错得一塌糊涂。”

汤姆咧嘴笑道：“别太难过，伙计！如果你不经常对它们进行维护检修，虽说是计算机，也是会出问题的。一旦内部出现短路，计算机就很容易瘫痪，这时它们就会对你的提问给出错误答案。”

“如果真出现了那种情况，我提议我们叫他们小傻瓜！”巴德咯咯地笑着说。

“确定你没碰见过短路的情况吗？”汤姆反驳道，笑得更开心了。

汤姆还向肯特展示了一套新式太空服，这是他专门为此次卫星探险活动设计的，衣服上配有拉链式头罩和护目镜。之前在太空中帮助汤姆建造边缘设备的一位同事也穿了一套太空服，但远远没有这套轻便舒服。

巴德刚穿上太空服就赞叹地说：“天哪！这衣服简直是棒极了！穿上这身行头，就可以在天空中真正地遨游了！”

斯威夫特家的晚宴从一开始气氛就很愉快，斯威夫特夫人已经准备好了可口的炸鸡，还有苹果布丁和黄油甜酱等甜点。

巴德的女朋友桑迪也来了，她经常在她爸爸创建的老斯威夫特工程公司中进行飞机测试。谈到此次太空之旅，她十分兴奋地憧憬道：“真希望我也可以去”。桑迪穿了一件蓝色亚麻布长裙，看上去十分迷人。

“我也是。”肯特目不转睛、满怀仰慕之情地答道。

在场的客人还有桑迪的朋友菲利斯·牛顿，她的父亲奈德·牛顿是斯威夫特先生多年的老友和合作伙伴。菲利斯是汤姆最心仪的约会对象，她调皮地眨巴着眼睛，说道：“汤姆，你就不能让我和桑迪尽情地吃会儿饭吗？”

所有人都哈哈大笑了起来，除了巴德，他似乎没了平时的好胃口，吃得很少，话也很少。而这时肯特和桑迪正聊得有声有色。肯特是一名冶金学家，正在向桑迪讲述他的工作，桑迪似乎对此很感兴趣。饭后，巴德瘫坐在安乐椅上，闷闷不乐地看着电视。

“巴德怎么了？”汤姆低声地问菲利斯。

“我觉得我们巴德像是吃醋了。”菲利斯咯咯笑着说，“你还没看出来吗？”她向一旁瞥了一眼，给汤姆暗示，只见肯特和桑迪正忘我地坐在沙发上，丝毫没有注意身边的人。

汤姆同情地苦笑了一下："可怜的巴德！"

那天晚上，在飞回费林岛的途中，肯特每次和巴德说话，巴德都敷衍地搪塞了事，但肯特似乎并未发现有何不妥。

"汤姆，你妹妹真漂亮！"肯特赞美地说。

但"嗯，哼"就是巴德的唯一回应了，而这时汤姆躲在黑暗中咧嘴笑了。

谁也没有再说什么，很快他们就降落在岛上的机场。汤姆一直工作到上床睡觉，而就在他和巴德准备脱衣睡觉时，警报器响了。

他们赶紧冲了出去，看到机组人员由于受到惊吓，还未穿好衣服就从营房里跑了出来。探照灯横扫基地上空，基地四处都是混乱的叫声和刺耳的警报声。

"快看！"巴德大声喊道，只见探照灯发现了两名正在奔跑的人。

强光下可以清楚地看到，那是哈伦·艾姆斯正在紧紧追赶一个逃跑的人。

第七章 生擒间谍

在艾姆斯身后跑着的是菲尔·拉德纳。两名安全人员穷追不舍，渐渐地，他们与逃犯之间的距离越来越短了。

突然，艾姆斯凌空一跃，飞身上前，将身前的逃犯扑倒在地。这人极力扭动身体，疯狂绝望地挣扎着，想要摆脱艾姆斯的控制，用外语大喊大叫。

两名安全人员迅速将他制服。汤姆和巴德赶来时，拉德纳已经锁住此人的双腿，艾姆斯也跨坐在这人身上，将他两只胳膊牢牢地按在地面上。

“怎么回事？”汤姆问道，“这人到底是谁？”

艾姆斯抬起头咧嘴笑了，“汤姆，看来你还要继续雇佣我哦！”他兴奋地说着。因用力过猛，他胸膛高高地耸起，说：“我在影印室发现这个人时，他正在偷偷盗取你的空气制造机设计图！”

这时，一群兴奋又好奇的队员聚集在周围，保卫人员把他们拦在身后。韦斯·诺里斯和两名调查局探员乘吉普车呼啸而来，俘虏被戴上手铐推上了后排座位。

“艾姆斯，干得好！”诺里斯听完他的话说道，“你认识这人吗？”

"他所带着的徽章上写着——他的名字是万科，"斯威夫特安保主任回答说，"明显他是建筑队的工人，参与修建'泰坦'的混凝土发射场。"

"把他带回办公室好好审问。"诺里斯提议道。

来到安全办公室后，虽然汤姆、巴德和斯威夫特先生都参与了嫌犯的审问工作，但是半小时过去了，他还是一声不吭，三人只好各自回去了。第二天早上，三人在总部指挥室吃早饭时，艾姆斯走了进来。

"那个嫌犯开口说话了？"汤姆问他。

"说了一点点。"艾姆斯一屁股坐在椅子上，他看起来神情疲惫不堪、心情也非常不爽，"我们审问了他半个晚上，发现他的确是个土生土长的C国人，拿着假护照偷偷地潜入A国。"

巴德生气地说："他应该是个为C国政府工作的间谍，八九不离十了！"

"很有可能吧，"艾姆斯面带疑惑地摸了摸下巴，"但是似乎又有些不合乎情理，从我们所得到的记录来看，万科并不受C国政府待见，他说他非常讨厌当权政府。"

斯威夫特先生从桌子旁站了起来："孩子们，咱们应该过去问他一些问题。"

艾姆斯驾驶着吉普车把他们送到安全办公室，只见万科衣衫凌乱、胡子拉碴，低头垂肩地坐在拘留室的小床上。

"你说你不是C国政府派来的？"汤姆问道。

俘虏狠狠地跺了跺脚："呸！一群混蛋——我恨他们还来不及呢！"

“那么就很可能是科学家斯戴凡·米罗派你来的吧！”

这个问题让万科猝不及防，黝黑的脸上露出吃惊的表情，冷笑着说：“我看你就是嫉妒米罗，所以你想找他麻烦，没错吧？”

“斯戴凡·米罗是什么人？”艾姆斯插嘴问。

“他是一位很有造诣的科学家和火箭设计专家，”斯威夫特先生说，“之前我们就有预感，他会担任C国探险任务的领队。”

韦斯·诺里斯一直在旁边紧盯着俘虏的反应，这时说道：“汤姆，我想你的猜测是正确的。”

万科接下来的话证实了他们的想法，“米罗肯定会首先登上卫星，他的对手简直就是一帮废物！”俘虏气势汹汹地说。

“什么对手？”汤姆问道。但是俘虏只是怒目相向，不做任何回答。

这时，艾姆斯开始审问嫌犯有关信息泄露的事。

“我已经跟你说了无数遍了，这事和我一点关系都没有！”万科不耐烦地说。

“无论这事是谁做的，他一定是一个手法娴熟的老手。”汤姆若有所思地说。

“为什么这么说？”巴德问道。

汤姆笑笑说：“如果想要知道我们的发射日期，首先他一定是窃听了我和爸爸在家里和办公室安装的私人电话，只有这样他才能获取到我们的信息。可是，电话是安装了扰频器的，因此这个人一定掌握了获取和破解通信讯号的方法。”

诺里斯飞快地翻阅了纸质报告：“就目前掌握的情况来看，万科并不是技术人员，从记录上来看，自从来到A国，他所做的全都是不涉及技术的体力活儿。”

“那我想他可能与此事无关了。”斯威夫特先生说道。

把嫌犯交给警察后，斯威夫特父子俩和巴德急忙投入到各自的工作中。汤姆忙着核对火箭发射基地的补给清单。一小时后，巴德跑进了他的办公室。

“怎么了，伙计？”汤姆问他。

“还不是因为那个格雷夫斯！”巴德气愤地来来回回踱着步子，“在这里谁都比那个格雷夫斯懂得多！他来这儿之前都没见过火箭怎么发射的，现在可倒好，他在发射场指挥所有人干活！”

“他确实是有些霸道，这一点我同意你说的。”汤姆回答说。

巴德结结实实地往椅子上一坐，“汤姆，这么和你说吧，如果再这样下去的话，搞不好整个探险活动都得毁在他手里！”

汤姆已经不是第一次听到别人抱怨这位强悍的执行总监了。无论如何，必须得让格雷夫斯这种爱管闲事的精神有用武之地。汤姆思考了片刻，说道：“巴德，我有个主意，帮我把他叫过来，说我要见他。”

十分钟后，杰森·格雷夫斯迈着大步走进了汤姆的办公室，“斯威夫特，听说你要见我。”他声音粗重地说道。

“格雷夫斯先生，没错，”汤姆说道，“请坐，我有个难题，我想你能帮我解决。”

格雷夫斯扑通一声坐在椅子上：“孩子，你遇到什么麻烦事了？”

汤姆假装一脸愁眉不展的样子：“格雷夫斯先生，探险所需要的一切重型补给都会由运载火箭运送到空间站；所有的轻型补给则由“泰坦”运载，这些物品加起来一共有几百种。每一种都需要进行检验、装载和运送，恐怕全靠我自己是应付不过来的。所以，我想也许需要一个像您这样经验丰富的商人——”

这个面色红润的商界大亨兴奋地跳了起来：“年轻人，你找对人了！我太熟悉这方面的事了，这种事放心地交给我吧！”

“还有一件事。”汤姆补充说，并向他介绍了空气制造机，“我们只生产了一台，现在我决定生产两台。这就意味着另一台需要在四十八小时内完成！”

“没问题，放心吧。这个也交给我吧！”格雷夫斯摩拳擦掌地说道，“把你的设计图、物品清单给我，再给我一个可以工作的地方，这些就足够了！”

下午早些时候，格雷夫斯就已经进入了工作角色，他面前的桌子上摆放了一排电话机，配备了六名秘书和打字员，整个办公室忙得不可开交。格雷夫斯时而发号施令，时而拨打电话，时而大声争吵、巧言哄骗，时而不断地接通长途电话。

第二天早上，他的努力就产生了惊人的效果。供给源源不断地运到岛上，很快又消失得无影无踪，“泰坦”如同张开巨口一样，把它们全都吞了进去。

“天啊，那家伙简直是个魔术师啊！”巴德钦佩地说，“你对他做了什么？”

汤姆咧嘴笑着说：“没什么呀，就是让他忙起来。”

但是一小时后，汤姆又遇到了一个让他发愁的事情。当他路过餐厅时，听到杰森·格雷夫斯和乔·温克勒两人正在激烈地争吵。汤姆赶紧冲进去，只见他们像两只愤怒的公牛一样对峙着。

“你这个顽固的老糊涂！”格雷夫斯吼道，“我负责这次探险的全部补给！”

“那你就把我也当作补给炖了吧，”乔咆哮道，“只要我在这当厨师，你就休想插手厨房的事！”

汤姆急忙插嘴：“两位，有话好好说！有什么解不开的结？”

格雷夫斯抱怨说当他下达命令为太空探险清点速冻食品、浓缩食品和厨具的时候，乔就开始无理取闹。

“这么简单的事，我早办妥了！”乔怒吼道，“要是哪个人想要在我的地盘上跟我对着干，我就捆他个四脚朝天！”

当脾气暴躁的商界大亨听到乔这样否定他的话时，已经开始忍不住要爆发了，汤姆打断他们：“你们现在都在气头上，是没办法解决问题的，我建议今天晚饭后咱们再从头到尾来好好谈谈这事。”

汤姆私下里给格雷夫斯家里的工厂打了一个长途电话，得知他最喜欢吃的菜是小排骨和泡菜。

过了一会儿他又打电话给乔，“好家伙，我今晚上太想吃小排骨和泡菜了！”汤姆不动声色地说，“但是我想你可能不太擅长做这些吧。”

乔立即就不开心了：“谁说我不擅长的？孩子，我跟你打赌，我今天要做出你这辈子吃过的最美味的小排骨！”

格雷夫斯受汤姆之邀，与他共进晚餐，他大口嚼着鲜嫩的酱汁鱼肉，芳醇的小酒让他微微有些醉意，他已经完全放弃跟乔吵架的想法了。

“那些没说完的话我已经不想再提，”格雷夫斯向后一靠，想要消化一下肚子里的美味，嘴里小声嘀咕，“谁要是跟能将小排骨做得如此美味的人去吵架，那他可真是蠢到家了。”

乔开心地咧着嘴笑了，不失风度地同他的对手握了握手。但是在美美睡了一觉后，这位执行总监又再次大发雷霆，这次的对象则是加特扎克博士。

巴德和这位科学家交情不错，只要稍有时间就到他这来帮忙。虽然总要接触透镜和其他易碎的实验设备，可以说都是耗时且烦琐的工作，但是他很喜欢和这位轻声细语、瘦小结实的天文学家一起来装配仪器。

不过，格雷夫斯对他的工作进度并不满意。就在排骨餐的第二天，他咄咄逼人地来到加特扎克博士的实验室，检查这部分的准备工作。

“加特扎克，你要加快进度了，”格雷夫斯声音浑厚地说，“我们必须尽快把准备工作完成！”

加特扎克博士正在用丝绒盒包裹透镜，“我已经在尽最大努力了。”他语气平淡地答道。

“岂有此理，我看你还没有尽全力！”格雷夫斯咆哮着说，“我要求你在三小时内把你的所有仪器包装好，运送到‘泰坦’。”

巴德怒火中烧，想挺身而出维护他的朋友，但加特扎克只是咯咯笑着说：“亲爱的先生，当你像我一样长时间地观察星空，就会发现三小时并不算长，我通常只用光年计算时间！”

格雷夫斯摔门而去，加特扎克博士厚厚的镜片后的眼睛还在不停地眨着。

巴德捧腹大笑。他很欣赏加特扎克博士那句反驳的话，下午忍不住到汤姆的实验室给他讲了整个事情的经过。

为了防止空气制造机出现故障，汤姆正在研究给卫星上每位队员佩戴的应急“氧气罩”。他似笑非笑地听完巴德讲故事，然后转过脸来严肃地说：“巴德，我这里有个不利于加特扎克博士的消息。”

“什么消息？”

“爸爸刚刚接到一位政治家打来的电话，称加特扎克博士有重大嫌疑。他们担心他可能背叛了我们的国家。”

“什么？”巴德不由得倒吸一口凉气。

汤姆面色阴沉地点了点头：“加特扎克博士可能无法参加这次探险活动了！”

第八章 神秘的电话

巴德实在无法相信他的新朋友加特扎克博士会出卖大家。“汤姆，你是在开玩笑吧！”他大声叫嚷着。

“这令我也很震惊，”汤姆回答说，“但这并不是个玩笑。”他继续说，他爸爸刚一知道这消息就立刻给W城的政治家办公室打电话，以查清楚这个电话是不是来自于一些狂热者。

“那他有什么发现？”巴德追问道。

“那位参议员当时在O城——至少在打那通电话时是在那里。他的秘书对这个消息一无所知，但是她说参议员会在两个小时之内回来，所以到时候爸爸会再次给他打电话。”

巴德在房间里不安地走来走去：“这一定是搞错了，我会证明给你们看。”

他大步走出实验室，纵身跃进了一辆吉普车，表情严肃，沿着小路飞快地开着，路过储油罐直奔通讯大楼。这里有一位姿态优雅的年轻女士，名叫埃塞尔·斯克罗金斯，正在操作开关面板。

“今天有从O城打来的电话吗？”巴德问道。

“嗯，让我看看。”埃塞尔翻阅着她的来电记录，“有，我们接到了三个O城打来的电话，两个是打给亚弗·汉森先生的，一个是打给格雷夫斯先生的。”

“没有打给斯威夫特先生的？”

“目前还没有。”

巴德心里涌起一阵激动和希望，他叫接线员去查看她所记录的其他来电。

埃塞尔往下逐条查看着记录表。“噢，有一通来自于极致飞机零件公司的电话，也是打给格雷夫斯先生的。”她继续读着其他设备中的来电记录。突然间，她喊道：“等等，这里有一通打给斯威夫特先生的电话！”

“从哪里打来的？”巴德紧张地问。

“F镇。我想起来了，那个人说他是一位政府官员，但他并没有留下名字，就是叫我将他接通到斯威夫特先生的专线。”

“非常感谢！”巴德感激地说，他转身奔跑出去。

巴德砰的一声关上吉普车的车门，发动引擎，疾驰而去。过了一会儿，车在汤姆的个人实验室门前停下，冲进实验室后，他一把抓住汤姆的胳膊。

“我找到了些线索！快来看看！”

汤姆带着困惑跟着巴德来到了机库，爬进了他们的小型直升机。还没有飞到西边，巴德就说了他的计划：到F镇去查清楚这通电话的由来。

“你认为参议员所提供的密报是假的？”汤姆问道。

“我确定。我们都清楚参议员不会在F镇一千千米以内的地方。”

这座内陆中的小镇位于费林岛的正西方，男孩们在城郊着陆时已经是接近日落黄昏了。

巴德刚刚踏上地面就开始犯愁了："现在开始进行一些调查工作。我觉得我们应该从镇子里的电话接线员开始。"

汤姆提出了自己的建议："巴德，我有一种预感，那个'参议员'的电话一定不是用个人电话打来的。按照这样的思路调查下去，应该很容易就能追踪到嫌疑人。"

巴德钦佩地咧着嘴笑："说的对，你真是太机敏了！"

他们找到的第一处公共电话位于一个综合商店里。店主是一个80岁的老人，留着灰白色的胡子，头上戴着一个黑色的有些戴歪的假发。他看起来听力有些问题。

"你们……刚刚问我什么？"店主问道，"想要知道谁今天用过这台电话？"

"是的，"汤姆说，"我们正在调查一通非常重要的电话。我们很感激您的帮助。"

"好的，搞清楚这个还是挺难啊。你们得让我多想一想呢。"老人摘下他的眼镜，冲着镜片哈了口气，开始用手帕擦着镜片。

"现在让我想想呀，"他开始说，"我能想起来的是，今天有四个人用过这台电话。"他停下来，若有所思地擦着镜片。

"你能记起来他们都是谁吗？"巴德迫切地问。

"孩子别着急，我马上就和你们说。第一个人是巴顿女士，她大概是上午10点来的。打电话之前她买了一些薄荷糖，我记得她边在电话亭里打电话边吃着薄荷糖。"老人咯咯地笑，"巴顿女士非常喜欢薄荷糖的味道。"

"接下来是年轻的泰德·温特斯，他向纽切斯特抱怨他的摩托车。傻孩子，他要是还骑得那么快肯定会折断脖子的。"

“是的呢，请继续往下说。”巴德催促着老人。

“在他之后来的是汉克·卢弗尔，这个反复无常的老家伙。潮湿的天气让汉克饱受腰痛折磨，这也让他的脾气更加不好了！”

当店主还在滔滔不绝地谈论着汉克·卢弗尔的病症时，男孩们无助地互相望了望。最终汤姆还是温和地打断了他：“那第四个来打电话的人是谁呢？”

“现在我也没有搞清楚。这个人我之前从没见过。”

“那他长得什么样子呢？”汤姆问道。

“恩……他是一个又高又瘦的家伙，眼神中带着一点不羁。”

老人实在记不起更多关于这个神秘陌生人的事情了。谢过老人后，男孩们准备离开，这时老人突然又把他们叫了回去。

“差一点儿就忘记了！那个家伙打完电话后，把这本书落在了电话亭里。”

男孩们好奇地仔细观察这本书。

“这是一本关于天文学的书！”巴德大叫道。

“是的，”老人说，“翻书的时候，我注意到扉页上有一个名字——埃布尔·艾弗雷特·劳森，我不知道这个是不是就是那个打电话人的名字。”

汤姆高兴地给费林岛上的哈伦·艾姆斯打了电话。在安保主任简单报告斯威夫特先生接到电话的情况后，汤姆说他和巴德找到一条揪出冒牌参议员的线索。“我们马上赶回去！”他补充道。

男孩们飞奔出商店，此时天色已经一片漆黑。他们穿越田野时，汤姆突然想起由于刚刚他俩都过于兴奋，谁也没有拿走那本书。

“我这就回去拿书，”他说道，“巴德，你去启动直升机，我一回来咱们就出发。”

男孩们分头行动，汤姆取回了那本书。他匆忙穿越田野去和巴德汇合时，好奇为什么直升机的灯没有亮。

突然间，他感到脚下似乎踢到了什么东西，几乎使他身体失去了平衡。汤姆掏出了口袋里的手电筒，对着地面照了照。在灯光下他看到了一个人躺在地面上一动不动。

“巴德！”汤姆喘着粗气说。

突然间，汤姆感到脑后一阵阴风，他也瘫倒在地面上，失去了意识。

第九章 成功的战略

“到底是什么困住了男孩们，这么久都没有回来？”韦斯·诺里斯对哈伦·艾姆斯说，正是他刚刚向韦斯报告了汤姆和巴德的去向。

艾姆斯焦虑地看了一下手表：“我也希望我能知道答案！现在距离汤姆打来电话已经过去半个小时了。通常情况下，飞机从F镇到这里是不会超过十分钟的。根据斯威夫特先生的报告，参议员并没有因为加特扎克的事情给他打电话，恐怕又是那个骗子在耍花招，而这一次则用在汤姆和巴德身上。”

斯威夫特的安保主任和调查局探员都已经驱车来到小岛的机场，等待着飞机着陆，当汤姆来电话时，肯特·罗克兰正在和艾姆斯聊天，他也一同来到了机场。

“他们一定是遇到了麻烦，我们最好去找找他们。”艾姆斯最终做出了决定。

三个人驾驶着一架更大的直升机，带上了汤姆父亲发明的巨型探照灯出发了。当他们抵达F镇时，艾姆斯驾驶直升机在低空盘旋着，低得几乎要擦到了屋顶。

“汤姆应该是在小镇边缘的某个地方着陆。”他强调说，“肯特，打开探照灯，我们去看一看。”

艾姆斯驾驶飞机绕着小镇飞行，同时肯特使用探照灯向下照射。苍白耀眼的灯光将地面照射得犹如白昼。

“那里停着一架直升机！”韦斯·诺里斯大声喊道，同时手指向右侧。下方的空地中停放的正是“滑行船”号直升机。

“没错，这就是汤姆驾驶的飞机。”艾姆斯说着并快速着陆。

三个人跳了出来并径直跑向“滑行船”号，但发现飞机里面空无一人。艾姆斯返回自己的飞机，聚焦探照灯使其能够照亮周围的旷野，这是孩子们通往小镇的必经之路。

“让我们看看能否找到他们的足迹。”他建议道。

搜救人员开始分头彻底地搜寻这片区域。突然肯特的一声呼喊让他的两名同伴跑了过来。他们看到肯特正在给巴德·巴克利松绑，他嘴里的东西已经被拿掉了。

“发生了什么事？”艾姆斯问道。

“有人从背后袭击了我。”巴德边被松绑边说道。

就在此时，韦斯·诺里斯隐约看见汤姆躺在一处灌木丛中。从地面的痕迹来看，显然是袭击他的人将他打晕后，又拖拽到了这里。

搜救队员很快就叫醒了汤姆。除了头上的肿块之外，汤姆和巴德似乎并没有受到重伤。男孩们告诉他们那个在电话亭里的神秘人把一本书落在商店了。

“显然那本书已经不见了，”艾姆斯环顾四周小声地说，“不管怎样，那个出现在扉页上的名字是解开所有谜题的好线索。”

随后，所有人起身飞回到费林岛。不过这一次汤姆和巴德乘坐那架大直升机，由艾姆斯驾驶“滑行船”号。

他们刚一抵达火箭基地，所有人就乘坐吉普车飞快地赶往加特扎克博士的实验室。当他听到有人在暗地里败坏他的名声时，天文学家感到吃惊不已。

“你知道埃布尔·艾弗雷特·劳森吗？”汤姆问道。

加特扎克的眼神中流露了一丝欣赏之情：“当然了！怎么了？这是我在大学任教时一个学生的名字！”

“一个又高又瘦的家伙？”汤姆说道。

“对呀。”

韦斯·诺里斯问道：“那有没有什么原因会让他对你产生怨恨呢？”

“恐怕是有的，”加特扎克博士回答道，“你看，我曾经让他不及格过，他有理由对我非常怨恨。这个男孩其实很聪明，但是不幸的是，他在性格方面有些不足，这让他一直无法找到适合自己的工作。事实上，我感觉他一直以来都在接受精神方面的治疗。”

哈伦·艾姆斯和调查局主管交换了眼神：“我猜一切都已经能解释清楚了。”

诺里斯点头说道：“毫无疑问，就是他袭击两个男孩。”

“我敢打赌他现在依旧在F镇逗留！”巴德大声喊道并跳了起来，“我们回去找他吧。”

艾姆斯笑呵呵地把巴德按回到座位上：“你和汤姆刚刚被袭击了，你忘啦？所以你们两个首先要沉住气，让辛普森医生来处理下头上的‘青肿块’。这件事情交给诺里斯和我吧。”

第二天早晨，汤姆在检查“泰坦”的火箭发动机时，艾姆斯开心的呼喊声将他从脚手架上吸引下来。

“我们找到劳森了！”安保主任报告道，“就在F镇北面的一个汽车旅馆里。”

“太好了！他现在在哪里呢？”

“就在岛上。我们把他带回来拷问。他已经坦白是他冒充参议员给诺里斯打电话的。”

汤姆和艾姆斯一同来到安全办公室审问嫌犯。不一会儿，巴德和加特扎克博士也开车赶来了。

天文学家并没有对他的学生表现出任何敌意，他温和地问：“劳森，为什么你说了那么多冤枉我的谎话呢？”

“因为你毁了我的一生，我要跟你算账！”这个憔悴、愤怒的年轻人盯着他周围的人，犹如一只被困住的野兽。

“别害怕！我们想要帮助你。”汤姆说道。

突然间，劳森颤抖着，放声痛哭起来。他把脸深深地埋进胳膊里，一边啜泣哽咽着，一边述说自己的故事。昨天夜里，他返回商店去取他落在那里的一本书。在门口他停了下来，听到了汤姆和巴德正在向店主发问。因为害怕自己的身份暴露，所以他尾随两个男孩，并把他们击倒了。

“这件事真是可怕——太可怕了！”他说道，“请原谅我！我已经病了，你们看，有时我真的无法控制自己。我——我非常需要你们的帮助。我现在意识到了这点！”

“没事，没事，我的孩子。”加特扎克博士一边安慰他，一边轻轻拍着他的肩膀，“你不要担心。一切都会变好的。”

诺里斯说调查局的探员会把劳森送回家接受治疗。

随后，汤姆和巴德离开安全办公室，驱车返回火箭发射中心，汤姆对他的同伴说：“今天我要对‘泰坦’测试模型的运行状况进行一次最终测试。这个模型在之前的测试中都表现非常完美，但我还想看看能不能从原子能推进器中得到更多的动力。想要一起来吗？”

“那当然了，你可不能把我一个人留在家里呀。”巴德回答道，“出发吧，机长！”

十一点整，汤姆和巴德进入了微型“泰坦”的驾驶舱。过了一会儿，他们就已经被固定在自己的加速座椅上了。开始进入倒计时，汤姆明显感觉心跳加快。

发射！

舱内的震动几乎让男孩们无法呼吸。发射场周围的烟雾散去之后，围观的人们看到火箭正消失在一片蓝色之中。

和原计划一样，三级火箭依次分离。当飞船开始进入轨道飞行后，男孩们将自己的座椅调正，并解开了安全带。

汤姆使用无线电向基地报告了他们的飞行速度和位置，并说他准备测试飞船的原子能推进器。

“好了，巴德，回到你的座位上！”汤姆命令道。

汤姆系好了自己的安全带并拨动了开关，调整了几个刻度盘参数，然后他拉动杠杆激活镉棒，控制斯威夫特元素反应堆中的裂变。

“火星，我们来了！”巴德一边兴奋地呼喊道，一边抓紧他的座椅扶手。

随着加速带来的压力升高，他的表情也变得严肃认真起来。汤姆尝试让火箭以最快的速度飞行了一会儿，他对火箭在极端环境下的表现表示非常满意，但是他仍觉得如果做出一些调整，还能获得更多动力。

“我们返航吧。”他对巴德说，并动身飞回费林岛。

火箭刚刚着陆，斯威夫特先生就带领欢迎队伍走上前来，迎接年轻的宇航员们。

“干得漂亮，孩子们，”他说，“火箭加速方面的表现可以满足要求吗？”

巴德笑着说：“斯威夫特先生，简直是好得不得了！”

汤姆和他爸爸说了他想要进一步进行调整的想法：“我希望能够加大马力，使原子能推进器获得更大的加速度。”

“那么，现在已经没有什么能够妨碍我们明天的发射计划了吧？”斯威夫特先生高兴地问。“我现在就要宣布计划了。”汤姆的爸爸大步走向了通讯室，他自问自答地说。

过了一会儿，他的声音从扩音器中传了出来：“各位，请注意！明天早上八点进行火箭发射！”

这一激动人心的消息使整个基地紧张地忙碌起来，每一个部门都进入到最后的准备阶段。汤姆飞快地来到他的实验室，开始制作计划表，将需要做的工作写在上面。他刚写完，斯威夫特先生就走了进来。

他眨着眼睛说：“看来你忘了，今天晚上你妈妈和那些女孩们要给我们举办一场欢送派对。”

汤姆站直了身体，边吹口哨边笑着说：“爸爸，我真的彻底忘了！”

当天晚上，汤姆、巴德、斯威夫特先生和肯特乘坐着“蓝天女王”号，飞回肖普顿参加斯威夫特夫人举办的派对。他们刚一降落在企业集团机场，巴德就请求离开一会儿，说完便开着他的红色敞篷跑车离开了。

“我必须去接一个人。”离开前，他神秘地说道。

当大家刚刚开始玩猜字谜游戏时，警报突然响了起来。这意味着一个没有佩戴身份手环的人侵者进入了斯威夫特家的磁感应区，因此触发了警报器。

每一个人都冲向前门，汤姆朝门外看去。他惊讶地翘起眉毛，然后打开了门。门外站着巴德和他漂亮的同伴。

“我想你不会介意我带同伴来吧。”巴德随口说。

“怎么会，这是贝蒂·里德！”桑迪气喘吁吁地说，“进来一起玩吧！”她尽可能使自己的声音听起来很热情，又很开心，但是这种友好似乎又有点牵强，因为巴德过去是只和她一个人约会的。

贝蒂是企业集团的审计员约翰·里德的女儿，她刚刚从寄宿学校放假回家。她迷人的小脸上长着一双绿色的眼睛，非常引人注目。

“也许这就是巴德表示他不喜欢桑迪对肯特有好感的方式！”汤姆心里想。

奇怪的是，吃晚饭的时候，贝蒂似乎更加关注肯特，而不是巴德。她乐呵呵地喋喋不休，问他一连串的问题。肯特受宠若惊，根本无法将自己的眼睛从她身上移开。

晚饭后，年轻人们随着当下的流行音乐跳起舞来。因为贝蒂一直缠着肯特教他新的舞步，绝大部分时间都是巴德和桑迪一起跳舞。

晚上十一点，派对结束了。肯特红着脸，尴尬地问巴德：“这么说吧，你介不介意我——带贝蒂回家呢？我知道是你带她来的，但是嗯——嗯——你知道我——”

巴德高尚地说：“没问题，老伙计，没关系。噢，我也和桑迪说好要带她去外面的飞机场转转。”

肯特离开后，汤姆小声对巴德说：“你可真是油嘴滑舌啊！我和菲利斯在空地等你哦。”

彼此道了别，斯威夫特夫人紧紧拥着她的丈夫和儿子，希望他们一起顺利，叮嘱他们在未来的太空之行中一定要万分小心。

第二天早上，费林岛上的探险队员全部聚集在“泰坦”发射台附近的A飞机库里。大家都轻声细语，每个人心里都想着这场即将到来的伟大探险。

斯威夫特先生大步走进来。汤姆抬头看，注意到他爸爸脸上满是忧郁。其他人也都注意到了这点，大家都不再窃窃私语了。

“爸爸，怎么了？”汤姆焦急地问。

斯威夫特先生对所有队员说：“刚刚收到消息，C国政府发布声明，称他们的探险队已经启程，此刻他们的飞船正在绕着卫星进行轨道运动！”

“这么说他们已经赢了！”巴德悲伤地大哭起来，“他们将要拥有‘小月亮’了！”

第十章 太空轮事故

飞机库中的所有人都极度沮丧。如果C国人真的已经控制了卫星，那么斯威夫特父子俩为什么还要发射“泰坦”呢?

汤姆首先打破了众人的沉默。“W城方面有没有发来取消探险任务的命令?”他问父亲。

斯威夫特先生摇摇头说：“目前还没有。除非有明确的命令，否则我认为我们可以自行决定。”

“那我们继续进行吧！”汤姆连忙催促道，“这个消息很可能是个骗局。我们都知道那些骗子是不可信的。”

斯威夫特先生赞成儿子的提议，按照原计划继续准备。然而，火箭基地内到处都弥漫着压抑的氛围。机械师静静地检查太空飞船，没有了以往发射前的幽默和兴奋。接下来的工作就是将油罐车中的酒精和液态氧注入火箭助推器中。

临近八点，最后一批补给也被运到“泰坦”上了。一次一组，一组5至6人，队员们乘电梯进入驾驶舱。

“甚至连为我们送行的军乐队都没有！”巴德踏入舱口时抱怨说。

当队员们被固定在各自的位置后，汤姆通过麦克风下达进行间隙检查的命令。雷达扫描仪立即开始旋转起来，通过无形的测隙规进行探测。

“测算完毕。”迪林使用无线电向汤姆报告。

“这就可以了，”汤姆同他的队员说，“祝我们好运！”

他将记录飞行数据的磁条插入自动驾驶仪中，然后系紧了自己的安全带。飞行磁带启动了钢筋混凝土掩体里的定时器和基地上的12个其他掩体里的定时装置。

这时，一个扩音器大声喊道：“现在请所有工作人员离开发射场！”机械师和工程师急忙纷纷撤出。

驾驶舱中，宇航员们紧张地听着倒数计时：“20……15……10……”

这时，韦斯·诺里斯的声音突然打断了计时：“我是通讯室的诺里斯！我们刚刚收到了W城关于C国声明的指示。我们的间谍汇报说C国的声明是假的！重复，声明是假的！三小时前，他们是处于准备状态，但是火箭并没有成功发射。”

驾驶舱内充满了人们的欢呼声。乔却在小声嘀咕着：“那些流氓不只是疯了，还诡计多端！怎么就鬼话连篇呢，真是难为他们了！”

斯威夫特先生从他的座位中站起来，紧紧地抓住了汤姆的手说：“孩子，你是对的！真是太聪明了！”

“希望我们一切顺利。”汤姆小声地说。

一秒后火箭发射升空了。伴随着惊天动地的轰鸣声，“泰坦”升向天空。

前往汤姆空间站的旅程非常顺利。三级火箭助推器依次点燃脱落，并且在电子巡航系统的指引下，飞船从费林岛到达公海。火箭向上飞行了近4个小时，在与地球保持适当距离的情况下，汤姆打开了原子能推进器，助力飞船进入轨道飞行。

这时，无线电里传出一阵咯咯的笑声：“欢迎来到蓝天空港！”

“这是汉克·斯特林的声音！”巴德大声喊道。

“我们已经成功抵达空间站了。”汤姆咧嘴笑着说。他按下按钮打开舷窗盖。

新队员们都渴望看看太空，全都冲向透明的石英窗口。尽管队员们已经看过有关汤姆空间站的图片，但是眼前这恢宏壮阔的景色还是美得令人窒息，他们心中顿时涌起敬畏之情。

一个带有12根从中心向四周延伸的巨大辐条的庞大的银色转轮，在黑暗中闪闪发光。

其中一根辐条的孔里嵌有网状高精度望远镜，其余的辐条中布满了雷达扫描仪、无线电收发装置和电视天线。此外，还有一根辐条装有太阳能电池板，利用经过高度抛光的反射镜来收集太阳能。

汤姆一边操控飞船，一边向同伴们描述整个空间站的布局。太空轮的每根辐条都有不同的功能，有的是用于观察、有的用作休息室，还有的用作实验室或者工厂。整个结构形成了太空中的繁华社区。

“这真是一项非常了不起的成就。”加特扎克博士称赞说。

“泰坦”刚被磁力钩绳固定在太空轮上，汤姆就马上说：“很抱歉，现在没有时间欣赏景色。如果我们想要赶在C国人之前登上卫星，那么就必须加速行动了！”

大家都欣然接受。之后，汤姆指挥大家往“泰坦”上装载大型设备，这些设备是不久之前由运载火箭运送来的。身着太空服的队员们操作小型“火箭滑板”，通过专用通道将板条箱和其他大型设备运到“泰坦”的货仓里。

工作进展得非常顺利。因为在太空中真空的环境下声音无法传播，所以所有的行动都悄无声息地进行着。汤姆和汉克·斯特林偶尔通过太空服上的无线电设备发出命令。

“巴德，快看，”汤姆说，“你觉得这个大家伙怎么样？”他指着一个被太空轮装货舷门推动的牵引油舱，上面安装了吊车和大型铲斗。

“这可真是个好东西。”巴德回答说，“这些宝贝迟早会在‘小月亮’那儿派上用途的。”

“说得对！”汤姆通过无线电回答说，“它们是完全密封的，所以在制造出大气之前，我们可以使用它们进行工作。”

就在这时，一个运送油舱的队员驾驶着他的小型滑板从侧面撞了过来，那个巨大的铲斗一下子就松动了，在汤姆的背后摇摇欲坠。

“小心！”巴德和肯特同时大叫。

他们两个急忙用脚蹬住太空轮飞了出去，直接扑向汤姆，把他击到了一边，没有被铲斗砸到。

但是由于用力过猛，再加上没有任何阻力，三人纠缠在一起，向远离太空轮的方向越飘越远。

“救命！救命！”巴德大声叫着。

“快拦下他们！来人呀，快想想办法啊！”乔·温克勒大叫。但当其他队员注意到这恐怖的一幕时，他们正在以极快的速度消失。很快这三个人就可能迷失在外太空那无尽的黑暗之中。

突然，所有人都清晰地听到了斯威夫特先生的声音：“汉克·斯特林，启动三号应急程序！”

汉克二话不说就离开了装货舱门。仅仅过了几秒，他就带着一台敷线火箭发射器回来了。他将发射器固定在舱门上，谨慎地进行瞄准后，随即将缆绳发射给飘走的三个人。

缆绳像蠕动的蛇一样发射了出去！当缆绳从汤姆身边飞驰而过时，他一把抓住了这救命的缆绳。过了一会儿，缆绳的尾端被拴在了太空轮上。

“发射得太准了！”汤姆通过无线电说。随即，汤姆、巴德和肯特紧紧抓住缆绳，汉克将他们一点点地拽回空间站。

“谢谢你，汉克，你真是好兄弟！斯威夫特先生，您也是！”巴德小声地说。

“我也要谢谢你们，”肯特说，“刚才我都觉得我们几个死定了。”

“你们几个最好休息一下，喘口气。”汉克建议道。

“没有时间了，”汤姆焦急地说，“我们必须加快速度。”

最后，装载完成。汤姆紧紧地握着他父亲的手。

“爸爸，您不能同我们一起去，实在是太遗憾了！”

“儿子，我也希望我能去。”斯威夫特先生回答道，“但是在空间站里我还有很多事情需要处理，还要对你发回来的数据进行分析和处理。就此告别吧，祝你们好运！”

此刻，全体探险队员，包括运载火箭的操作队员都已经登上了“泰坦”。他们当中还包括辛普森医生，他是自愿加入此次探险活动的。他带了整整一笼子的小白鼠，坚持将笼子固定在他的座位旁。

乔的脸上充满了不解：“我的天呀！医生，你要用这些没用

的小白鼠做什么啊？”

“它们可是非常珍贵的，”这个医生愤愤不平地说，“我带它们来是为了能够在卫星上进行研究实验。我绝对不会让这些小白鼠在我们到达卫星之前受到任何伤害。”

乔轻蔑地说：“哼！我还是第一次听说有人竟要好生对待这些偷东西的小鬼。”

汤姆微笑地让每个人都系紧安全带，然后使用飞行磁带控制“泰坦”进入卫星的轨道，最后通过无线电与空间站告别。

“出发！”倒计时结束时，他默默地哭了。

瞬间，汤姆的后背狠狠地撞在了座椅上。座椅的倾摆装置像手枪射击一样发出了噼里啪啦的爆裂声，整个座椅向后翻转，汤姆猛地一下大头朝下摔到了甲板上。

第十一章 地球的新月

“汤姆，怎么回事？”巴德哭喊道。然而，却没有任何回应。

副驾驶试着回头看一眼，但加速度所带来的强大冲击力将他牢牢固定在位置上。

巴德感到自己的肺部在巨大的压力下强烈震颤。他的面部十分僵硬，露出了像骷髅一样的表情。

“泰坦”像一道光，以无法测量的速度猛冲了出去。

巴德用尽浑身解数，又一次举起了右手。他一点点向前摸索着，试图让自动驾驶仪停止工作。最后，他终于抓到了控制杆，一把将它拉了下来，瞬间巨型太空飞船慢了下来。

冲击力很快就消失不见了，所有的队员都开始小声议论着。巴德解下安全带，冲向了汤姆的座位：“汤姆，你没事吧？”

汤姆没有力气动弹，只是发出了微弱的呻吟声。巴德解开了汤姆的安全带，大声叫来了辛普森医生。

医生拿着医药箱急忙赶了过来。他用手按了按汤姆的手臂和身体，查看是否有骨折的地方，并用目镜检查了他的瞳孔。

这时候汤姆才逐渐恢复了意识，“发生了什么事？”他无力地问道。

“貌似是我们起飞时，你的座位坏了。”巴德回答道，“我进行了迫降。”

汤姆抽搐着：“我想起来了。天啊，我仿佛看到了银河里的每颗星星，然后我就晕了过去。一定是什么东西导致我们的自动驾驶仪失灵了。”

辛普森医生做完了快速检查后，表示他的身体并没有发生骨折，也没有脑震荡的迹象。

“医生，谢谢你！”汤姆艰难地挪着步，说道，“我们来看看受到损坏的地方。”

汤姆把他的座椅抬高，蹲下来检查座椅的底座。原本应该连接底座和轴承的支架破损了，所以在巨大压力的作用下，几颗螺丝很轻松地脱落了。

“是什么原因呢？”巴德问道。

“应该是铸造的时候出现了结构性问题，”汤姆说，“我需要进行重新焊接。”

此时，在机舱的后部，辛普森医生正在给加特扎克博士和杰森·格雷夫斯嗅盐，他们都在加速的过程中失去了意识。

格雷夫斯恢复意识后，推开了医生的手。“把那个东西从我脸上拿走！”他抱怨道，“你把我当什么了——一个生病的老人吗？”

但是加特扎克博士却心生感激。“请见谅，”他笑道，“我还没有习惯这么快的速度。”

队员们的注意力突然被蓝白色的光和发热金属的嘶嘶声吸引了过去。汤姆正戴着面具，拿着焊枪修补破损的地方。

他用了15分钟就将加速座椅修好了。接下来，汤姆检查了自动驾驶仪并做了一些调整，然后他在宇宙飞船测算仪器的帮助下得到了他们现在的位置。

机器开始再次工作时，肯特·罗克兰走过来看了看汤姆。刻度盘上的指针显示当前的里程为四万四千千米，另一个带有斑点的仪表盘显示了现在的坐标位置。

“那个小玩意是什么？”肯特好奇地问。

“星球六分仪、宇宙射线测高仪和计算机的组合，”汤姆解释说，“我们目前已经偏离了正确轨道，但这个小工具很快就会帮助我们找到新的轨道。顺便说一句，当时自动驾驶仪发生了短路，这就将原子能推进器的控制杆推向了全速运转状态。”

他转向了机组成员，吩咐说：“现在所有人都把手放在背后，系好安全带，我们要再次加速行进了。”

“伙计，这次我们可不要再在空中捅出个洞了。”巴德边往座位走边嬉笑着说道。

汤姆也笑着说：“这次我会留神的。”

他小心翼翼地打开了自动驾驶仪，这次“泰坦”以合理的加速度全力前进。

几分钟后，火箭的自动开关切断了电源。“泰坦”进入了距地球八万千米的轨道，很快卫星的全貌就出现在飞船的前视屏幕上，所有的探险队员都兴奋不已。

“哇！”巴德气喘吁吁地说道，“我们终于来了！我已经等不及要一睹为快了。”

汤姆打开了跟踪控制计算机，之后火箭开始缓慢地围绕着这颗小行星进行巡航。接着他按了一下按钮，打开了舷窗。

机舱内的每个人都解下了安全带，挤到了窗前。大家都默不作声，目瞪口呆地凝视着小卫星。当大家注视着这个神秘的外太空访客时，每个人的心里都产生了一种敬畏之情。

“这是一个全新、陌生的世界。”加特扎克博士大声地说。

“我要把这一时刻记在我的太空服上，”乔颤抖地说，“光是看看这些，我的身体就已经兴奋得跃跃欲试了！”

“我会将飞船停在距地面30千米高的地方，”汤姆说，“巴德和加特扎克博士用望远镜看看是否有任何C国人活动过的迹象。”

“机长，好的。”

汤姆将飞船停在了靠近“小月亮”的位置上，巴德和加特扎克立即架起了一台望远镜，巡视着卫星的表面。

一幅奇特的景象出现在他们眼前。这里到处都是岩石，显得十分贫瘠，没有任何生命的迹象。崎岖的地表上布满黄色的火山口，其间还有灰色、粉色和蓝色的峭壁。

随后，汤姆驾驶着飞船绕着卫星进行巡视，很快他们就从卫星的光照面来到背光面。即使在微弱的光照下，表面的细节也都一览无余。

“幸亏有足够的地球反射光来照亮卫星表面。”加特扎克博士边看着望远镜边说。

“地球反射光是什么意思？”乔问道。

“从地球反射来的光。”

飞船围绕这颗卫星转了几圈，并未发现有任何飞船着陆过的痕迹。

飞船围绕这颗卫星转了几圈，并未发现有任何飞船着陆过的全体队员都击掌庆贺，兴奋地拍打着身边的人。

汤姆高兴地驾驶着“泰坦”，他选择了一片微亮的区域进行着陆。“没有理想的着陆地点，”他说道，“不过我目测在这上面应该是可以的。”

汤姆很清楚在这样的重力环境下，不需要太大的动力也能很轻松地让“泰坦”着陆。他拨动了陀螺仪，让飞船到达了着陆地点。飞船慢慢倾斜，正下方的原子能喷射装置被点燃了。

当飞船悬空静止时，汤姆马上拨动各种杠杆和按钮。同时，他那双眼睛一直紧紧地盯着刻度盘。

突然，飞船开始降落，下降的速度十分缓慢。

“这种降落方式更棒一些，”乔兴高采烈地说，“我的胃没有任何不舒服的感觉。”

“降落的速度是由雷达反射波进行控制的，”汤姆解释说，“雷达反射波会自动调整原子能喷射装置，从而使飞船在落地的时候恰好处于速度为零的状态。”

过了一会儿，汤姆启动了镁制推举器。当他们到达地面时，液压柱也受到了作用力的影响。

“好啦，大家快穿上太空服！”汤姆大声地说，此刻他的内心非常激动。

很快，队员们装备好他们的传动装置，分批穿过密封舱向外走。汤姆第一个走了出去，手里拿着一面A国旗帜，旗杆由长长的金属杆制成。

他的双脚刚刚踏上地面，就将国旗深深地插在岩石中。然后他退后几步，向国旗庄严地敬礼。其他人也一样。

过了一会儿，乔大声说道：“我的腿感觉舒服极了！”他抖了抖腿，轻轻地跳了一下。

一下子，乔就高高地离开了地面。他一边用对讲机大声喊着，一边慌乱地挥动着手臂。此刻，他跳起了足足有十码远。

“真是一个顽童啊！”巴德和其他队员哈哈大笑。

乔看起来有点害羞。“我怎么飞起来了呢？”他说，“我一定是吞下了一些氯气药丸。”

“不要担心，”汤姆安慰他，“只是这里的重力比较小，仅仅相当于地球的二十分之一。但只要我们不打闹，完全可以安全地在陆地上行走。”

在汤姆的要求下，乔治·迪林回到了飞船的通讯室，与空间站取得了联系。在卫星上举行庆祝仪式的信息通过空间站传回了地球。

汤姆通过太空服上的便携式麦克风，对他们的飞行过程、对卫星的观察以及着陆的细节进行了描述。他总结道：“我正式宣布这颗卫星属于A国。”

所有的队员都为这一刻的到来而感到自豪，全都立正敬礼。几分钟后，空间站向汤姆述说了人们的喜悦，得知他们现在所处的地方便是新月，人们大吃一惊。

广播结束后，巴德露出了开心的笑容。“兄弟！”他说道，“现在我终于清楚哥伦布发现新大陆时是什么心情了。”

“只是这里没有印第安人。”乔脱口而出。

队员们的高涨情绪随着夜幕的降临而不断减退。大家都因周围的荒凉而感到一丝丝的害怕，每当抬头看见天空中的地球时，都格外地思念家乡。

为了让大家保持精神振奋，汤姆带着大家忙了起来。他们用了两个小时卸载补给、搭建仪器，并且开车去探索周围的环境。之后大家吃了乔精心准备的丰盛饭菜，就各自回到了自己的床上。

第二天早上，汤姆就通知大家他要和巴德开一台履带式月行车去进行一次小规模勘探。

“伙计，小心点！”汉克·斯特林提醒道。

“我们会用无线电保持联系的。”汤姆答应。

由于道路颠簸，他们行驶得十分缓慢。在阳光下，岩石发出钢铁般的光辉。就这样，一个小时过去了。

“快，看那些火山口！”汤姆大声说，“我敢打赌他们是死火山。我们去看看。”

他正要往前开，但却发现无法前进，月行车开始迅速地下陷。它的前面正不断坍塌，地表也在不断下陷，灰色的粉末正一寸寸地侵蚀着他们。

“这是怎么了？”巴德惊讶地问道，“这是什么？”

“是火山灰！”汤姆大喊道，“我们已经开到火山口里面了！”

第十二章 魔洞

在“泰坦”的通讯室内，乔治·迪林听到了男孩们惊恐的呼喊声，紧接着通信讯号就中断了！

“汤姆，你能听到我的声音吗？”他冲着麦克风大声地呼喊。反复尝试了几次，却没有听到回应。

迪林惶恐不安地用通讯电话呼叫了汉克·斯特林，此时这个金发方脸的工程师正领着一队人马在外行动，他在电话里听迪林一股脑儿说完男孩们的困境。

“快到晚上了，”汉克喊道，“迪林，我们应该用起重车把他们从洞里拉出来！”

在工程师的指引下，队员们将吊车篮从起重机上卸了下来，又将巨大的吊钩安装在同样的位置上。

不幸的消息在人群中迅速传播开来，就在汉克和迪林登上起重机的时候，肯特·罗克兰冲了上来。

“我和你们一起去！”他催促道，“我会操作推土机和各种工程设备。”

“好的。快上车！”

肯特随即驾驶着起重机轰隆隆地出发了。通过他们的无线电报告，迪林已经大体知道男孩们的去向了。此外，救援队也能从布满碎石的路面中依稀分辨出他们的轮胎轨迹。

轨迹分布在崎岖的山岭间和峡谷的边缘。到了晚上，在微弱的阳光照射下，一些粉蓝色的碎石清晰地凸显出来。

“令人欣慰的是他们的月行车是由温度控制的，不必担心他们会温度过低！”汉克认真地说。

“他们出发多久了？”肯特问道。

乔治·迪林看了看手表，“大概有三个小时了。”

“这意味着现在他们仅剩下一个小时的氧气供应量了。”汉克小声嘀咕着。

肯特带着近乎绝望的急迫心情，驾驶着起重机飞快地奔向前方。在驶过一段狭窄的山谷后，救援队来到了一片空旷的平原上。迎面出现的是一座座布满黄色斑点的火山口。迪林兴奋地指了过去：“那些一定是无线电发生故障前，汤姆提到过的火山！”

救援队以最快的速度向火山口开去，心里盼望着前方就是他们的目标。这里的轮胎痕迹非常明显。突然，肯特感到起重机的轮胎失去了支撑力。坚硬的地面逐渐在下陷！“就是这了！”当车头开始下沉时他喊了出来。

肯特迅速将引擎换成倒挡，惊险地把车开回到安全地带。汉克从密封舱中爬出来观察周围的情况。

“汤姆和巴德已经消失不见了！”他通过无线电说，“他们已经陷入深坑了，没留下一点痕迹！”

当汉克返回起重机时，表情非常严肃。“我们必须用吊钩把他们找回来！”他和同伴们说。

汉克亲自爬上吊车。他操作着吊钩，吊钩像触角一样一步一步试探着进入了充满细沙的洞口中，期待着能够吊到金属。

经过一阵搜寻，大家都忙碌得大汗淋漓。肯特紧张地握紧双手，他们能够及时找到汤姆和巴德吗?

突然，汉克打破了沉默：“我发现他们的月行车啦！”

肯特和迪林放松了下来，对汉克说了一些鼓励的话。他们看着汉克娴熟地操作着吊钩，尝试去钩住月行车。

最后，他挂上离合，发动绞盘电机。绞盘吱吱作响地开始绕起绞线，抵抗着巨大的重力，开始将月行车往上方拉。

“现在已经钩住他们了！”汉克开心地说。

起重机吊起月行车慢慢地向上移动，过了一会儿，它从灰烬中挣脱出来。汉克旋转吊臂，将月行车放在了坚硬的地面上。

肯特气喘吁吁地说：“汉克，你真是钓术一流啊！这次这个大家伙没有跑掉！”

但当迪林尝试使用无线电联系汤姆和巴德时，大家的笑声都戛然而止了。无线电信号不会被火山灰层屏蔽掉，但是他们却没有任何回应！

难道男孩们的氧气已经供应完了?

“快来！”迪林催促道，“也许他们还有一线生机！”

三人拉开太空服面罩，正打算爬进去时，有两个人从刚刚获救的月行车中走了出来。

“他们还活着！”肯特开心地喊着。

汤姆和巴德很快就安全地登上了起重机，和救援队的伙伴们彼此拥抱、击掌。

“我们都活下来了，能见到你们实在是太开心啦！”汤姆激动地说。

“如果时间再过久一点儿，那辆月行车就是我们的棺材啦。”巴德补充道，“我们的氧气就要用光了。等我们绘制卫星地图时，我建议就叫它‘魔鬼洞’！”

“为什么你们刚刚不回复我们的信息呢？”乔治·迪林想要知道原因。

男孩们说他们的接收器没有发出任何声音。很显然，吊钩的强烈震动损坏了他们的无线电设备。

“我们快点赶回到基地吧，”汤姆说，“我们需要一些安全装置以防止类似的事故再次发生。我想进行一个新发明，或许它能很好地解决这个问题。”

救援队的伙伴们将男孩们的月行车钩在起重机的尾部，就启程返回基地了。刚到太空飞船，汤姆就飞快地跑进了他的实验室。

一个小时以后，巴德发现他的朋友坐在画板前，在日光灯下绘制电路图。

“机长，你的这个新设备怎么工作啊？”巴德问道。

汤姆摘掉他绿色的遮光眼罩说：“其实并没什么特别的。月行车轮胎胎面会发出信号，当信号接触岩石后会发出反射信号。通过计算间隔时间，我们就能分辨出前方的地面是否会下陷了。”

“就像是轮船的回声探测仪，对吗？”

“差不多吧，只是我们不能在没有空气的条件下使用声波。它更像是搜索雷达，诀窍在于制造出一束能粉碎火山灰的电波，同时又不会反射错误的电波。”

巴德咧着嘴笑道：“这对于我们那个已经征服了宇宙的神奇

小子来说，一点都不难。”

“老伙计，你很自信。”汤姆回答道，然后打了个哈欠，伸了个懒腰。

汤姆休息了十五分钟，喝了用汤块熬制的鸡汤，之后便继续工作起来。很快他就完成了新发明的设计草图，召集了几个人并分配了任务，开始进行设备的安装。

乔治·迪林负责组装电子单元，亚弗·汉森负责外壳和机械部分的组装，肯特·罗克兰的任务是为每一辆月行车安装警报装置。

这项工作完成后，汤姆叫来杰森·格雷夫斯，让他负责协调组织各领域科学家开展各自的工作。“如果你能够替我负责这项工作的话，”汤姆说，“我就能有额外的精力去调试空气制造机。”

“一切都交给我吧！”格雷夫斯说完便跑去工作了。

傍晚，考察队开始对卫星进行勘探。同时，巴德和加特扎克博士开始组装一部小型高倍望远镜。冶金学家们则收集岩石标本以供分析。

晚饭开始之前，肯特来到了汤姆的实验室，随身带了几块微红色的石头，上面带着金属光泽的斑点。

“汤姆，我想这种矿石能够为原子炉提供充足的氧元素！”他激动地说。

“我要先用光谱仪观察一下。”汤姆说，他将岩石样本带进了冶金实验室。几分钟后，两个科学家都开心地笑了起来。

“肯特，干得漂亮！”汤姆称赞道，“它是一种纯度较高的红色铁氧化物，还含有2%的稀有金属，能够在原子炉中充分蒸发。”

科学家们和其他人一起吃了晚饭，在看过一部从地球传过来的电视喜剧节目后，人们开心地离开了。但汤姆还要继续修补空气制造机的机械部分。

“我最好再次检测泵轮叶片，之后再收工休息。”他打着哈欠说。

白天繁重的工作已经非常劳累，汤姆强忍着困意继续工作。他轻轻按下开关，俯身倾向转动的叶片。突然，他稍稍打了下盹，身子向前倾。就在这时，锋利的泵轮叶片在他胳膊上划了一道深深的口子！

汤姆惊慌失色，鲜血迅速从伤口飞溅而出。他踉跄地走向对讲机，按下警报键。

“辛普森医生！”他虚弱地叫着，“快来——”汤姆的声音越来越虚弱，他倒在了甲板上。

第十三章 是敌是友？

在太空飞船的医务室内，辛普森医生听到汤姆的求救，马上从床铺上跳了下来。他抓起医疗箱就冲向走廊，在那儿撞到了巴德。

“医生，发生什么事了？”

“汤姆有危险。快来！”

他们冲进汤姆的实验室，发现他无力地瘫倒在血泊之中。

医生和巴德俯身观察他，“快！用你的拇指按住这里！”辛普森指示巴德按住汤姆的腋下。

随着巴德的按压，血止住了。辛普森医生熟练地清理了伤口，又包扎好。然后他们将这个昏迷的年轻人抬上了床。此时汤姆的脸色惨白，嘴唇发紫。

“他仍惊魂未定。给他盖上毯子！”按照医生的指示，巴德快速地上好了输血管和针头，开始给汤姆输血。

在药物的帮助下，汤姆渐渐恢复了意识。他看到巴德惊慌的脸时，虚弱地笑了笑：“伙计，放松！你看起来比我都要糟糕！”

巴德轻轻地握了握汤姆的手：“以后不要再这样吓我了，你这个太空小子！发生什么事了？”

汤姆述说了他的事故。辛普森医生命令他要卧床休息一天。

汤姆做了个鬼脸：“医生，但是我明天不能躺在床上呀！我必须去研究我的空气制造机！”

医生最终同意让汤姆监督巴德和肯特完成两台机器的组装和测试工作。

“汤姆，你不可以累坏自己，”医生警告说，“否则你可就要休息不仅一天了！”

到了早上，尽管汤姆的胳膊仍然很痛，但是脸色已经恢复过来了，睡眠也让他恢复了一些精神。乔把早饭送到了他的床边，在他吃早饭的时候对他嘘寒问暖。吃过早饭后，汤姆爬起来艰难地穿太空服。

“外面的情况如何？”汤姆边系紧腿带边问。

“格雷夫斯正在给两辆月行车装载补给，准备进行一次外出勘探。”乔回答道。

汤姆匆匆地穿过密封舱，及时赶到了，他看到几个队员正登上月行车。格雷夫斯是这支队伍的领队，他向汤姆做了简短的汇报。

“我们计划将卫星周围的情况勘测清楚，”他解释道，“并且我们会准确地标注出卫星南极点和北极点的位置，这两个极点是放置空气制造机的最佳位置。”

“没错，‘小月亮’的运行，”汤姆说，“将有利于气体的均匀分布。”

格雷夫斯补充说，他想要外出两天，已经带了足够多的食物和氧气。

“祝你好运！”汤姆握着他的手说，“谢谢你把事情安排得井井有条！”

“没什么。”格雷夫斯笑着回答说。

身材健壮的他穿上太空服，怎么看都像是一只鸽子，他们登上了两辆大型月行车。舱门密封后，月行车轰隆隆地出发了。

接下来的几个小时，巴德和肯特安装并测试了两台空气制造机。队员们兴致勃勃地看着闪闪发光的气体分布器在高空旋转，显然不受任何物体支撑。

“给我的烹饪炉取一个名字吧，”乔一边嘀咕着，一边晃动着粗短的下巴，“我和你还有你爸爸共事以来见识过不少奇怪的事情。汤姆，这是要有奖励的！”

汤姆满意地观察着工作的进展。“一旦我们能够让机器成功地运转起来，我们就能脱掉太空服了，”他说，“想象一下能再次呼吸到新鲜空气的美好感觉——密封的月行车里的新鲜空气，就是这种感觉。”

“听上去好像说我们的脱水食物能变得新鲜一样。”厨师嘀咕道。

汤姆微微一笑：“看来你想脱水了，乔。”

“是啊，可能是吧。但是长时间吃那些食物真能让人得恐水症。”

看着厨师穿上太空鞋笨重的样子，汤姆咯咯地笑了。随后他向肯特展示了一些文档和草图。

“你们都很忙，”他说，“我想出了一个能够为我们自己制造空气的方案。”

汤姆解释说他的方案是使用原子堆产生电流以电解矿石，从而产生氧气。从硝酸盐矿物中提取出氮气，氦气也能在反应堆中以副产物的形式被合成。

“此外，这里有足够的碳来产生我们所需的少量的二氧化碳，”汤姆补充说，“我们也带来了足够多的氢气来满足需求。”

“我们必须对大气进行持续性监控，”肯特提醒道，“要密切注意反应堆和太阳辐射的放射性情况。”

“我已经注意到这个问题了。”汤姆回答说。他讲述了如何持续性地使用光谱和红外线分析仪来检测大气的组成成分：一氧化碳将被催化转化成二氧化碳，多余的二氧化碳将会被氢氧化钠所吸收。

由于肯特负责冶金学家和其他技术人员的组织工作，所以大家决定由他负责在每一台空气制造机旁建造一台岩石冶炼器。

就在这时，巴德大声喊道：“快看！格雷夫斯和他的队员飞回来了！”

汤姆惊讶不安地看着勘探月行车缓慢地向基地驶来。什么事让他们这么快就回来了？有什么地方出错了吗？

他的害怕随着领头的月行车的靠近而加剧。舱口突然弹开，杰森·格雷夫斯走了出来，表情严肃。

当汤姆跑向他时，格雷夫斯生气地说：“在这个卫星上还有其他人！”

“什么！”

“我们刚刚发现了另外一艘太空飞船！”

“在哪儿？”汤姆震惊了。其他人也十分震惊，他们通过安装在太空服上的通讯电话听到了这个消息。当他的队员从月行车里爬出来时，格雷夫斯继续说道：“大概距离这里有两个小时的路程。那艘飞船类似于不明飞行物的形状，附着在一个透明穹顶或是机舱上。”

“周围有人吗？”汤姆问道。

“我们距离太远没看清楚。”格雷夫斯补充说道，“我认为明智的做法是在他们发现我们之前返回基地，再制定正式的行动方案。”

“做得好！”汤姆赞同地点了点头，然后皱起眉头思考着。他的大脑里萦绕着各种问题：会不会是斯威夫特的太空朋友登陆了呢？如果是这样，为什么他们没有联系A国基地呢？

太空飞船里很有可能是C国人！

就在汤姆正要开口说话时，巴德说道：“不论他们是谁，他们一定登陆不久。我和加特扎克博士用望远镜侦察‘小月亮’的时候他们还没到这里！”

“他们或许已经到了，”格雷夫斯争论道，“那艘太空飞船是灰黑色的。如果它是在卫星背靠太阳的那一面，就很难发现它了！”

“那是有可能的。”汤姆说。

整个队伍都沉默了，每个人都面面相觑，若有所思。或许A国的太空飞船不是最先登陆到这颗卫星上的！

汤姆迅速地思考着，他很快做出了决定。“行动之前，我先去联系我的太空朋友们，”他说，“如果船上的人并不是他们，那就一定是C国的探险队了！”

汤姆飞奔回“泰坦”，急忙来到通讯室。在迪林准备好大功率的发射器之后，汤姆参照他的《星际词典》，发射了一条信息。这个密码本是他父亲编制的，里面包含了所有能被斯威夫特父子俩破译的符号。

迪林观察着示波器上的信号。他手扶把手，仔细观察着汤姆发过来的闪烁在屏幕上的数学符号——一个扁形的圆圈，两条交叉的曲线，还有一条像双头蛇一样的怪线。

“你期望多久后会得到回复？”消息发出后，乔治问道。

汤姆耸耸肩：“我们每隔5分钟发送一次，直到我们——”

巴德冲进门口，迪林停下了手头的工作。“嘿，机长！”巴德激动地说，“一枚火箭刚刚在外面着陆了！”

汤姆从椅子上跳了起来，踉跄地把椅子撞翻了：“你的意思是一艘太空飞船？”

“不是。是一枚小型导弹！”

汤姆飞奔出去，看到一枚银色的、一人大小的导弹半埋在土里，距离“泰坦”仅有20码的距离。

汉克·斯特林忧心忡忡地看了一眼汤姆：“我们该怎么做？它或许装备了武器。”

“这，”汤姆说，“现在该轮到机器人罗比上场了！”

罗比是一个大型四足机器人，汤姆设计它是为了斯威夫特父子俩对付原子能厂制造危险行动的大本营。这个机器人有引导控制和手动控制两种操作方式，这一次汤姆带上它是想要探测放射性的矿石。

机器人很快就取出来并安装完成。然后，汤姆操作着小型远程遥控面板，罗比就叮叮当当地迈着金属腿向前移动。

加特扎克博士和政府其他的科学家饶有兴致地看着罗比走过去检查这枚小型火箭。通过机器人的“电子眼”，汤姆能够看清控制屏上的每一个细节。

汤姆仔细查看后宣布：“好的，朋友们。它不会发生爆炸。”

“哇！终于解脱了！”巴德大声说。

“这是什么导弹呀？”肯特问道。

“我们很快就会搞清楚的，”汤姆回答说，“在它的顶部有一个小的圆柱体。”

汤姆走进了火箭，取出小圆柱，把它拧开，里面有一张卷起来的纸，汤姆读完这条消息，长吁了一口气。

第十四章 高温的困境

当汤姆读下面这条消息的时候，队员们也都凑了过来：

A国入侵者们：

我们C国探险队已捷足先登。

你们已无权登陆此卫星，请在三个小时内撤离此地，否则将被视为非法入侵者，并遭受攻击！

斯戴凡·米罗

这个最后通牒激起了汤姆队员们的愤怒，他们的通讯电话劈劈啪啪的响声中都充满了愤慨。

杰森·格雷夫斯愤怒地说道：“一群C国强盗！居然敢让我们离开这儿！我们是A国人——不能就这样让他们使唤我们！”

“伙计，你说得对！”乔边晃着他的拳头边插话说，“我们谁也不会向这群宇宙强盗们屈服！不能让他们圈占这片宇宙空间，绝对不行！”

亚弗·汉森和肯特·罗克兰也在激烈地发表想法，所有队员都你一言我一语，犹如一窝愤怒的大黄蜂在嗡嗡作响。但巴德消了消气，想听听汤姆怎么说。

汤姆先允许队员们说出自己的看法，然后让大家都安静下来。“我们得保持冷静，”他告诉大家，“我们要尽可能地避免麻烦。”

“什么！”格雷夫斯咆哮道，“你的意思是我们这次就认了？”

“我没有那么说。”汤姆平静地回答道。

“那么你打算怎么办呢？”格雷夫斯挑衅地问。

汤姆转头对加特扎克博士说：“博士，您会说C国语吧，对吗？”

天文学家点点头说：“相当流利。”

“太好了！那么您和巴德和我一同去趟他们的基地，同他们进行谈判。与此同时，所有的科学家和技术人员请继续工作。”

格雷夫斯再次说：“那万一在你们离开的时候，他们来袭击我们了呢？”

“我不在的时候就由你负责这里，”汤姆回答说，“如果我们在6个小时内没有回来，你就向空间站发消息给我爸爸。然后撤离这里进入轨道，等待下一步指示。”

格雷夫斯行了军礼，好像将军接管了一支军队。其他队员肃穆地看着汤姆、巴德和加特扎克博士登上月行车。

“孩子们，祝你们好运！”乔大声喊着。

“谢了！我们需要好运！”汤姆边关密封舱门，边简洁地回答说。

其他人纷纷与他们简单道别，他们密封好舱口，月行车启动前进。

巴德全速行驶：“如果我们不能准时回来，格雷夫斯可能会发动战争！”

汤姆摇着头。“我相信他会执行命令的。”他断言道。

离开基地后，月行车驶上了一片布满岩石的平原，径直开向前方高耸的群山，山坡上布满了巨石和一块块突起的花岗岩。

月行车里的三个人在崎岖不平的路面上颠簸得左摇右晃，好在他们的重量较地球上轻了一些，所以不会感到那么难受。

“下次，我们生产这些月行车的时候应该用更好的弹簧！”巴德强调说。

“它们在地球上还是很好的呀，”汤姆说，“只是在这里的弹力系数与在地球上不同。”

汤姆戴着耳机，仔细听着警报系统的提示。“停！”汤姆突然喊道，“感觉前方好像有一个火山口！”

巴德急刹车停住了月行车，然后钻出舱外去观察地形。“确实有一个火山口，”他说，“还很大。地面上布满了火山灰，无法分清哪里是安全的。”

几人谨慎地绕过危险的深坑口，继续他们的行程。一路上汤姆不断地向基地报告他们的状况。二十分钟后，月行车再次遇到一个小火山口并绕了过去。

当他们行驶在一片光秃秃的平原时，月行车突然发生了震动。

“密封舱遭到袭击！”巴德大叫一声，随即刹住了车。

加特扎克博士面色苍白地说：“你觉得是C国人在袭击我们吗？”

“我不知道，”汤姆简洁地回答，“旋转炮塔，巴德。”

车顶旋转了360度的同时，男孩们紧盯着舷窗。

“什么也看不见，”汤姆说，“除非有人从太空飞船上向我们扫射。我爬出去看一看，在我搞清楚状况之前，你俩先待在这里。”

年轻的发明家慢慢地爬出了密封室。片刻之后，他轻敲船体外壳发出信号，巴德他俩急忙也钻了出去。汤姆手握一个铁灰色的金属块，大概有高尔夫球那么大。

“就是它袭击了我们。”汤姆通过太空服上的通讯电话和大家说。

“一块陨石！”加特扎克博士叫喊道，出于专业兴趣，他一把抓过那尚且温热的样本。

“离开这条小路。”汤姆继续说道。他指了指刚刚陨石击中月行车后留在舱顶盖上的一条长痕。另外，它猛撞在坚硬岩石上，也留下了至少六米的长痕。

巴德吹着口哨，说道：“这个小宝贝真是在旅行啊！”

“几米深呢，”汤姆强调说，“我真的不敢想会发生什么。”

汤姆担心舱顶盖上的那条长痕会发生空气泄露，所以决定立即进行修补。他取出月行车修补箱，里面有焊接工具。汤姆使用电焊修补机，沿着长痕四周，镀上了一层保护金属。

他们再次出发了。现在距离开“泰坦”已经过去了一个小时。

太阳几乎位于最高点了，它无情地炙烤着大地。放眼望去，一片荒凉、无草无木、非常干燥、天气严酷、令人生畏。

“好像变得越来越热了。”巴德过了一会儿说。他的太空服已经拉开了，头罩挂在一边肩膀上。

此刻，加特扎克博士正拿手绢擦着脸。“巴德，我同意你说的，”他说，“在这儿相当难受啊。”

随着月行车缓慢行进，温度也在持续升高。汤姆突然产生了一个疑惑，他查看了一下恒温装置。

“坏了！”他大叫道。

没有恒温装置进行调节，月行车内的空调系统是无法正常工作的！

“怪不得舷窗上有一层水珠了呢。”巴德喘着气，用袖子擦着舷窗。他试图打开密封舱，突然大喊道：“汤姆，密封舱打不开了！”

他立刻意识到高温使得舱盖发生了膨胀，反复地撞击也无法将它打开。他们被困在里面了。

“你能修好吗？”加特扎克博士问道。他的声音已经变得沙哑尖锐。

“我试一试，”汤姆说，“穿好你们的衣服。或许会有些帮助。”

当他拿出工具开始修理恒温装置时，温度已经以惊人的速度在升高了。尽管太空服能够反射太阳光，减少热量的吸收，但是他们是无法隔离密封环境下产生的高温的。很快月行车内就已经热得让人窒息了。

汤姆晃着脑袋，甩去眼睛旁的汗。“如果我不能很快找到故障——”他嘀咕道。

“我们都会被活活烤死的！”巴德替他说完了后面的话。

第十五章 可疑的休战协定

月行车很快就变成了一个烤箱！汤姆知道在如此酷热的环境下，他们仅能存活一小段时间，所以他疯狂地修理着温度调节器。

“需要我做点什么吗？”巴德喘着粗气说。

汤姆摇摇头：“温度调节器本身似乎并没有问题，所以一定是控制电路的某个地方发生了短路。我必须找出来！”

月行车电子系统的布线错综复杂，汤姆使用一台小的测试仪来找出短路的地方，难度之大让人抓狂。他双手麻利，打开外壳来检查电路的每一条线路。

此时，加特扎克博士的脸色变得越发苍白无力，前额布满豆大的汗珠。巴德担心地拉开了博士的太空服，用一只手帮他扇风，拼命地让狭窄的生存空间里有些湿润的空气。

“伙计，我知道你在抓紧解决，”巴德对汤姆说，“但你一定要尽量快些呀！”

汤姆继续疯狂地查找短路点。突然，月行车里响起一阵轻柔的嗡嗡声，似乎制冷压缩机叶片开始转动了！

“你做到了！它又动起来了！”巴德大喊道，“要是再过三分钟，我们就都变成烤鹅了！”

汤姆摘下帽子丢到一边，用袖子擦了擦满是汗水的脸。“侥幸脱险了，”他喘着气说，“加特扎克博士怎么了？”

这个瘦小的天文学家已经倒在一边，跌到了椅子下面。男孩们扶起了他，解开了他的衣服。就在巴德摩擦他的手腕时，汤姆把一个水壶送到了科学家的嘴边，月行车里的空气很快冷却了下来。过了一会儿，博士就醒了过来。

“万分感谢，”加特扎克喃喃地说，“请原谅我一时的软弱。”

“你还好吧？”巴德焦急地问他，“要不我们还是回去吧。”

“不，不！我不要！”他抗议道，“我确定我一切正常。继续前进吧！”

如果不是C国人的最后通牒，汤姆一定会坚持返航的。意识到此刻所面临的危机，他认为没有时间浪费了，汤姆决定继续行进。随着月行车内温度的降低，汤姆尝试着打开密封舱口。令他感到轻松的是，舱口很容易地就被打开了。

四十分钟后，他们看到了敌军的基地。“我们到了，”巴德大声说，“我们径直开到他们的门前？”

“不。最好停在这里，”汤姆做出了决定，“否则的话，他们或许会认为我们是来攻击的。”

汤姆手举白旗以示休战，他们三人爬出月行车，望向C国基地。在他们基地的前方竖起一个巨大的、透明的穹顶，覆盖着超过一亩的土地。它在太阳光照耀下映射出彩虹般的光芒，很明显是用厚塑料制成的。

穹顶内停放着一艘C国的太空飞船，外观十分奇怪。飞船大面积被涂成了灰黑色，因此，在远处很难发现它。

“格雷夫斯是对的，”巴德敬畏地说，“看上去像一个飞碟！”

“我有一种预感，飞碟的外观仅仅是为了掩饰。”汤姆陷入了沉思。

米罗夫或许已经在着陆后将他们的太空飞船藏了起来。

“为什么会这么说呢？”加特扎克博士问道。

“我们知道他们从地球驶来，”汤姆解释道，“类似于雪茄的形状会更加容易发射升空。”

加特扎克博士点头表示赞同：“嗯，非常正确。我忽略了这一点。”

“但是为什么要弄虚作假造出一个新的外形呢？”巴德提出这个问题。

“那很难说，”汤姆回答道，“也许是为了宣传。他们或许是想让我们认为，他们在太空飞船设计方面的能力要比我们想的强大很多。又或许它有一些其他的功能，例如为其他飞船提出补给储备和维护。无论如何，往前走吧！”

三个A国人小心翼翼地步行前进。朝着穹顶走了一段距离后，他们发现了密封舱。两个全副武装、表情严肃的C国人守卫在门前。穿着太空服、戴着透明头盔，A国人靠近的时候他们小心翼翼，眼睛都不眨一下。

“看上去很友好，不是嘛？”巴德嘀咕道。

“至少他们没有向我们开枪！”汤姆回答说。

加特扎克博士为了和守卫们交谈，必须将通讯电话调到另一个频率。他用C国语说明了来意。

守卫们显然已经料到这种情况。他们粗暴地回应，反复用枪指着这三个A国人，示意他们往里走。

汤姆和他的同伴们穿过密封舱，迎面遇到一位眉头紧锁的军官，身着绿色的C国空军军服。他说了些严厉的话回应加特扎克博士的问候，然后就大步走开了。

“他说米罗夫司令会来接待我们。”加特扎克博士翻译道，调回汤姆所在的频率。

等待的时候，汤姆向四周看了看。所见之处，除了武装的守卫分布在各处之外，几乎看不到几个工作人员。然而，两个技术人员正向穹顶的空调走去，其他人正忙于操作隔离装置的控制面板。汤姆估计这应该是为基地提供能源的小型原子能涡轮式发电机。

就在此时，一个高大英俊的人走了过来，他身着一套黄金制服，长着一头棕色的卷发，眼睛乌黑明亮。在三人的注视下，他伸出手表示欢迎，露出洁白的牙齿微笑着。

“啊，很高兴见到你们！”他用厚重的口音说，“我是斯戴凡·米罗夫，我的英语说得不好！”

汤姆介绍了自己和两个同伴，然后说：“如果你想要用自己的母语进行交谈，加特扎克博士很愿意进行翻译。”

米罗夫很开心地接受了，随即一股脑说了很多C国语。加特扎克翻译说他对发出消息的事情表示歉意，他当时的做法很鲁莽，相信汤姆·斯威夫特会宽恕他的失礼。

米罗夫接下来称赞了汤姆和父亲非凡的科学天赋，他一直以来都非常欣赏他们的很多发明。

汤姆和巴德相互对视了一眼，都表示出困惑。为什么米罗夫的态度会突然发生转变，而且为什么全都是好听的话？

当米罗夫后来说他很欣赏汤姆的空气制造机时，情况就多少解释得通了。

汤姆非常想要问米罗夫他是怎么知道空气制造机的。然而，汤姆克制住了，意识到就算他问了，米罗夫也不会说实话。

相反的是，汤姆简要地介绍了他的机器，并且说他想要为整颗卫星构建一个大气环境。汤姆将头转向加特扎克博士，继续说道：“请和米罗夫司令说，如果我成功的话，他和他的队员们也会从此获益的。”

米罗夫急忙表示认同，认为两个团队应和平共处。此外，他还说，这颗卫星应该属于世界上的所有国家。当然，他补充道，如果发现任何矿产资源，那么登陆卫星的国家自然应该占据绝大部分。就在加特扎克翻译最后一部分时，米罗夫狡猾地向汤姆眨了眨眼。

汤姆无视他刻意的诱惑，回答道：“请问米罗夫司令是否有将这颗卫星用作军事基地的打算？”

米罗夫巧妙地避开了这个问题，其他人也口径一致。汤姆多少有些生气了，他提到他们在着陆之前曾对卫星进行了勘察。

“当时我们没有看到任何属于C国的标志。”他尖锐地说。

“很自然那是你们的疏忽，”米罗夫平和地说，“我们飞船黑色的外表可以与环境融为一体。这种方法无疑掩饰了我们的飞船。”

米罗夫继续说道，令他难过的是哪方首先登陆的问题已经被提及了。但是他建议说这个问题应该由联合国进行裁决。汤姆表示同意。

突然，米罗夫皱起眉头说："顺便说下，当我们靠近这颗卫星时，飞船雷达发现了一个类似于飞船的东西。奇怪的是，它加速很快以至于我们的雷达在几秒钟后就搜寻不到它了。"

当加特扎克翻译这条消息的时候，汤姆心中涌起一股兴奋。他立刻回想到出现在他屏幕上的亮点，当时认为是一颗划过的陨石。现在他意识到那时的判断可能是错误的，那艘未知的飞船或许属于斯威夫特的太空朋友！

但是汤姆并没有提及此事，只是顺便说："或许米罗夫可以在我们离开之前让我们参观一下飞船。"

米罗夫的表情一下子僵住了。最终他同意了，然而参观仅仅进行了几分钟。在展示完原子能动力区和空气调节装置后，米罗夫没有邀请汤姆他们在飞船上继续参观。

"现在你们可以和我一起吃些点心。"他匆忙地说。

身着黄金制服的司令下令布置好桌椅，安排手下摆上有些微微发红的风干调和物。

"这是穆福塔，C国的特色佳肴制成的压缩食品。"加特扎克博士解释说。

"哇，这可比乔做的玉米粉蒸肉要辣多了！"巴德喘着粗气，一口气喝下一大杯水。

彼此道别后，A国人开始动身返航了。为了防止米罗夫的人通过通讯电话监听他们的任何言语，在安全地踏上月行车前，三个人都没有说任何话。

"我真的无法理解这个家伙！"当他们动身出发时，巴德困惑地说，"起初他对我们进行威胁，而现在表现得好像我们是朋友！"

“我也无法相信他，”汤姆说，“这一切都是假的。”

“你的意思是？”巴德问道，“在我看来一切都非常真实呀。”

汤姆解释说那个飞碟形状的太空飞船实际上是由飞船旁的两个环形的“阳台”组成的。“显然他们使用它们来存储设备，”汤姆继续说，“还不止，那个黑色也是刚刚涂上去的！”

“你是怎么分辨出的？”加特扎克博士问道。

“通过地面上潮湿的油漆痕迹。”汤姆举起他的靴子，让大家看了鞋底的一块灰色污点。

“相信只有我们的年轻侦探才能发现如此微小的细节！”巴德笑着说。然后他发现汤姆脸上焦虑的神情，问他有什么不对。

“当然了，”汤姆回答说，“他们的飞船一定是已经进行镜面化处理才能够最大限度地反射太空中的热量。这就意味着如果是他们首先着陆的话，我们是一定会发现的。”

“所以？”巴德再次说。

“所以他们不是最先着陆的。因此，他们不用等待联合国来评判这场官司了。我有种预感我们遇到麻烦了！”

第十六章　能源警示

汤姆和他的两个同伴一起返回到A国基地，所有人都一拥而上，挤到月行车的周围。汤姆、巴德和加特扎克博士把会谈的情况告诉了他们。

令大家感到惊讶的是，危机这么快就解决了。听到这个消息后，有些人长舒了一口气，但仍有人对此保持怀疑。

汉克·斯特林问道："你觉得米罗夫的话可信吗？"。

"我不指望，"汤姆坚定地说，"我们要采取全部有效的警戒措施，而且我会用广播系统下达行动指令。"

汤姆和乔治·迪林一起前往"泰坦"的通讯室。迪林测试了麦克风，和空间站取得联系后，他将麦克风递给了汤姆。

"嗨，爸爸！"斯威夫特先生那边电话刚一接通，汤姆就大声喊道。

"能接到你的电话我很开心，你还好吧？"

汤姆迅速将事情的发展告诉爸爸，并补充说："爸爸，请你联系下W城，跟他们详细叙述事情的经过，如果遇到对方袭击的话，我们应该怎样应对。"

"我会马上和他们取得联系，"斯威夫特先生回答道，"同时，记得保持警惕，尽量避免出现麻烦。"

打完电话之后，汤姆把一些科学家和技术人员都召集起来。在汤姆安排行动计划的时候，他们听得十分认真。

“我相信，”汤姆说，“最重要的事情应该是让空气制造机尽早运行起来。这不仅可以我们带来更多的发展和生存空间，也可以让C国人见识到我们正在尽一切努力，让这颗卫星变得更加适宜人类居住。下面要讲的是，我们该如何处理这个事情。”

汤姆的意思是，应该安排一支驻防部队，离开基地去保卫“泰坦”。其余人将分为两组：其中一组在汤姆和肯特的领导下，前往北极点，在那里安装一台空气制造机；另一组在汉克·斯特林和杰森·格雷夫斯的领导下，在南极进行相同的工作。

要开始着手工作时，大家发现今天天色已经有些晚了。所以在下午剩余的时间里，汤姆安排大家忙着检查、组装、装卸工作所需的工具和设备。

夜幕降临后，所有人都回到“泰坦”上吃晚饭。之后，汤姆详细地进行了工作安排，他用粉笔在黑板上详细描述安装空气制造机和原子反应堆的操作流程。

入睡前，汤姆和巴德穿上太空服，走到外面。此时的夜空中群星闪烁，但巨大而明亮的地球是天空中最闪亮的。

巴德轻声笑着，说道：“如果生活在这上面的话，作曲家们该会多么兴奋啊！”

“为什么呢？”汤姆问。

“因为他们不会再去考虑‘六月’和‘明月’的韵脚了，”巴德回答道，“他们会谈论闪耀的地球，或是和约会对象一起在地球的光照下散步。”

汤姆咧嘴笑了：“他们可能会押‘地域’和‘丰腴’的韵，

如果你的女朋友是属于丰满型的话。”

“听起来好像那首关于乔和他的52号腰带的歌啊，”巴德开玩笑地说，“汤姆，说说看，是什么原因让地球比月亮明亮那么多呢？”

“高反射率，”汤姆回答道，“事实上，它比月亮要明亮二十倍。我们暂时还不清楚的是，为什么从地球上看，这颗卫星会显得如此明亮。”

巴德轻轻拍了下汤姆的肩膀。“我们现在还是不要深入想这个了，”他说道，“不然，你整个晚上都会一直想着它。我觉得我们应该去睡觉了。”

“我同意你说的。”汤姆打着哈欠说。

天刚蒙蒙亮，两支队伍就朝着相反的方向出发了，每支队伍都装备了六辆月行车。

汤姆的车轰隆隆地向北极点开去。炫目的日光照亮了东方的天空，其余地方还是黑幕笼罩，群星闪耀。一些嶙峋的山峰此刻也带着各种不同的颜色，粉色、青灰色、蓝色和褐色，它们在队伍前行的道路上，留下了长长的影子。

出发一个小时后，巴德问道：“汤姆，我们怎样才能知道自己已经到达北极点了呢？”

“月行车上的回转罗盘会为我们提供较为准确的位置信息，”汤姆回答说，“我们大概已经通过了‘小月亮’赤道附近的地区，所以推测目前应该在离北极点四十千米的地方。我会通过测量太阳高度来确定的。”

不久之后，汤姆指挥队伍停下来。“我们已经到达北极点了。”他大声地说。

所有人吃完压缩食物后，就走出月行车，开始工作了。在汤姆和队员们一起安装原子反应堆的时候，巴德在一旁指导队员安装拉迪德发电机，汤姆的太阳能电池为这些拉迪德发电机提供能量。大气扩散机被安装到离子束上，紧接着将气体供给管连接到月行车的压缩氧气储藏库。

“机长，一切准备就绪。”巴德报告道。

“伙计，你们干活还真快！”汤姆称赞地说。

巴德咧嘴一笑：“你还想要巴克利魔法师完成什么任务呢？”

“伙计，小心点！一不留神，你会把胳膊摔断的。”汤姆轻声笑着说。

他仔细检查了很多连接点，然后轻轻按下开关，打开气阀。大气扩散机马上就开始运作，生成一团银色的模糊气体。

“还要过多久我们才能脱掉太空服呢？”一个队员好奇地问。

汤姆回答说：“首先我们必须让反应堆运作起来，以产生足够的气体来覆盖整个卫星。如果一切进展顺利，我们明天就能够呼吸到新鲜的氧气了，而且晚上来临之前，我们就可以看到空气的变化了。”

除了肯特，所有人都去完成原子反应堆最后的工作了，而肯特要去寻找充足的氧化铁矿实现补给需要。氧化铁矿将会被放进原子炉里，为空气制造机提供足够的氧气。

这位年轻的冶金家很快就回来了，带着一些红色块状物体。“汤姆，我发现在那个地方有充足的氧化铁矿。”他报告说。

巴德站在旁边，怀疑地皱眉。他瞟了一眼肯特发现矿石的岩石坡，然后回到汤姆身边：“但是，我们怎样才能开采这些矿石，把它们堆成堆，装进桶，然后用独轮手推车运送呢？”

“我们的大魔法师，你已经累了，放轻松点。”汤姆拍拍他同伴的肩膀，咧嘴笑笑，补充道，“接下来就看我的吧。”

汤姆从一辆月行车上取下一小包炸药，爬到坡上，观察了四周后，把炸药包埋在了一个比较合理的位置。在其余人离开现场后，他引爆了炸药包。

砰！一股夹杂着灰尘和石头的热流喷涌而出，涌向四面八方。紧接着是一场小型山体滑坡，大量红色石块从斜坡上倾泻下来。

“嘿，机长，我听到了！”巴德兴奋地大叫。这是在到达“小月亮”之后，他第一次听到“自然的”声音。

汤姆高兴地点头。“我们正在制造出一个能够传播声音的大气环境，”他兴奋地答道，“而且山坡上还有着大量我们需要的矿石，正等着被装进原子反应堆。”

两个小时内，反应堆就安装完成了，链条炉也装配妥当，等着装满铁矿石。汤姆开始启动一台小型的原子反应堆。电流一旦接通，氧化铁就会被电解，也就开始通过汽化得到氧气了。

这个时候，装有压缩气体的月行车开始释放气体。汤姆打开阀门，让氧气沿着气体装载管线与反应堆分离。

几秒钟的时间，这颗小卫星便拥有了属于它自己的大气层。

“汤姆，这又是一项伟大的成就！”加特扎克博士热情地说。

汤姆和队伍回到“泰坦”的时候，已是接近午夜了。汉克和格雷夫斯花了一个小时来报告他们队伍的工作情况。这些人平时精力充沛，今天也因为工作了一整天而感到筋疲力尽，要知道，在大家都累得想睡觉的时候，他们还组织了一场激动人心的庆祝活动呢。

尽管他们很晚才回去休息，但所有人都相约在破晓时分，一同见证这颗小卫星上的第一次日出。东方的天空此刻已经被黎明渲染，满溢着玫瑰红、金黄和深红。

“噢，伙计，竟然真的做到了这个样子！”乔大叫道，这个时候，他和所有人一样，谨慎地脱掉太空服后，深深地呼了一口气，“太好了，差不多和在德克萨斯州一样，空气也是如此温和舒适。”

“那是因为大气层能够保护我们，免受极端温度变化的伤害。”汤姆解释道。

“如果我们还能够多睡会的话，所有人都会更舒服的。”巴德打了个哈欠，“走吧，回去睡觉啦！”

汤姆也有同样的想法。

睡醒后，他很晚才起床吃早餐。吃完早餐后，他发布了一项命令，那就是所有人都必须随身携带一顶应急“氧气帐篷”。折叠在一起的话，这些帐篷可以作为背包携带，一旦空气制造机出现故障，它能够临时提供氧气。此外，汤姆还设计出一套警报系统，一旦空气制造机无法正常工作，警报系统便会发出警报。

“这些小部件是整个系统运行的核心，”汤姆说，“它们能够像气压计一样工作。”在实验室里，他向巴德展示了其中的一种：“哪怕气压出现任何微小变化，它们都会记录下来。在任何一个地方，就算是几毫巴的减少，电路也会关闭。同时，警示灯会亮起，警笛也会响起。”

“太聪明了，伙计，你实在是太聪明了！”巴德称赞地说，“能给我来一打这样的小部件嘛！”

汤姆安排了人员，在卫星上的很多地方都安装了这些装置，还给每一辆月行车都安装了一台。之后，他把格雷夫斯叫到实验室，让他负责在两个极点安装摄像头的相关事宜。

“我会叫乔治·迪林在通讯室监控它们，”他补充道，“如果出现任何问题，我们都能够及时发现。”

在接下来的一天里，汤姆全部的警报系统都正常地运作起来。科学家们非常高兴地脱掉太空服，开始进行一系列不同的项目。

紧接着，汤姆和巴德开车前往小卫星的南极点。他们停下月行车后，步行三千多米的距离去探索了一条狭窄的山谷。两侧的斜壁上是露出地面的岩层，岩石形状各异、色彩斑斓。

“这简直就是一个微型的大峡谷呀！”巴德大声叫道，“多么希望我现在能有一台彩色照相机——”

他的话语被一阵响彻山谷的警报声打断。

“是大气警报！”汤姆尖叫道。

两个男孩立即跑回月行车，向北极飞驰而去。他们到达后，马上穿好太空服，发现红色的警示灯正在闪烁。汤姆飞快地检查了一下，令他惊讶的是，自动气体装载管线正常通着，熔炉也高速运转。

“或许是别的机器停止工作了，”巴德提议道，“这个看上去应该没问题。”

“稍等一下。”汤姆旋转了一个开关，拿了一根杆子放在拉迪德发电机上。旋转气体分配器已经停止旋转，并在缓缓下降。汤姆将它修补好，然后举起机器，让它重新开始旋转。几分钟之后，红色的警示灯熄灭，警报声也开始慢慢减弱直至平静。

“伙计，你的动作还真够熟练啊！”巴德说道，“到底怎么回事？”

“装有微惰煤的核心设备偏离了它原来的位置，所以气体分子之间不再互相吸引。气体开始消散，慢慢飘散到外太空了。”

汤姆马上呼叫“泰坦”上的乔治·迪林，要求他与卫星上的每一个人取得联系："乔治，请确保每个人的安全。我和巴德很快就会回来。"

当汤姆和巴德回到基地后，迪林告诉他们，除了加特扎克博士，所有离开基地去进行室外作业的人员，都已确认安全。

"我不知道他去了哪里，但我能确定的是他并没有驾驶月行车离开。"

"天啊！"巴德大声地说，"我们最好还是排查一下！"

他同汤姆和辛普森医生一起，匆忙地跑到基地附近的高地上，那是天文学家们放置望远镜的地方。他们发现了加特扎克的氧气帐篷，但是，年轻的天文学家脸朝下躺在里面，已经完全失去意识了。他们猜测，可能是他专心于观察天空，没有发现空气的变化，当他打开帐篷的时候，已经快要窒息了。他们快速地跑到他身边，将帐篷掀开。

辛普森医生摸了摸他的脉搏："已经非常微弱了，他需要立即进行人工呼吸——马上！"

首先是医生，接着是巴德，然后是汤姆，跨坐在加特扎克的身上，间歇地按压他的肺部。但是在进行了20分钟的抢救后，加特扎克还没有任何苏醒的迹象。

"我要给他注射一针肾上腺素。"医生紧张地说。在装满注射器之后，他立即将肾上腺素注射到加特扎克体内，这种激素可以刺激心脏跳动，之后能做的就只有等待了。

这一次！他们仍然没有看到任何迹象。

巴德脸色苍白，恳求地看了辛普森医生一眼。但是，这位医生缓缓地摇了摇头。

"恐怕我们发现得太迟了。"他悲伤地说。

第十七章 怪的发现

“医生，你一定要想办法救活他，一定！”巴德惊慌失措地说。

“巴德，目前还是有希望的。”医生急忙说道，“只是希望已经很渺茫了。”

汤姆非常清楚巴德和加特扎克之间的感情，他紧紧地握了下朋友的手臂：“伙计，别伤心。我们会尽全力救活加特扎克博士的，哪怕只有一丝希望，我们也不会放弃！”

三个人以每五分钟一次的频率，轮流为他进行人工呼吸。这一次，又轮到汤姆了。汤姆努力地对着眼前这个昏迷的人呼吸，他用一种缓慢的节奏进行急救，并时而按压他的肺部，让空气能够流畅地进出。突然，加特扎克倒吸了一口气！

“他醒过来了！”巴德轻声哭喊着。

汤姆看到了一丝希望，便继续按压，直到加特扎克博士的眼睛完全睁开。然后，辛普森医生把氨水瓶放到他的鼻子下来回挥动。他咳嗽了下，大口地喘息着。

“我——我在哪里？”他喃喃道，十分虚弱，努力想把头抬起来。

“继续躺着别动，不要说话。”辛普森医生轻声对他说道。

“加特扎克博士必须在床上躺至少四十八小时，”辛普森说，“然后我们会考虑后续的治疗方案。总之，他会再次康复的。”

“但愿如此。”巴德真诚地说。

辛普森医生为了使大家能够放心，就说：“加特扎克很快就能恢复的，不过，他现在需要的是长时间休息。顺便说一下，这是一个很适合休养的地方。”

“因为重力低？”汤姆问道。

“正是如此。在这里，肌肉劳损较低，对心脏有问题的病人非常有好处。”医生回答道。

“也许‘小月亮’这个地方还真的是非常适合建立医院的。”巴德建议说。

辛普森医生兴奋地点点头：“我用白鼠做的一系列实验就可以充分证明这一点。”

他解释说，目前他一直在研究整套哮喘病的治疗方法，以及一些特殊的心脏病疗法，这些方法过去在地球上是无法生效的。“但是在这里，通过观察小白鼠，证明这些方法都非常奏效！”他兴奋地说。

在去食堂的路上，汤姆和巴德对医生的研究成果表示了热烈的祝贺。为了庆祝在这次大气危机中所有人都能劫后余生，乔为大家制作了一次特别的午餐。令大家感到开心的是，他们竟然吃到了美味的汉堡肉饼、土豆泥、煮玉米，喝了香甜的牛奶，还吃了香甜的水果布丁。

“我们主厨真的是太棒了！”巴德吃完最后一勺布丁，大声地说，“乔，我收回之前我说的话，我之前不应该那样诋毁你自创的响尾蛇汤，还有其他菜品！”

乔眨了下眼：“既然你都这么说了，你就应该好好地享用这些美食啦。”

肯特也极力称赞乔的手艺：“乔，这顿饭真的太符合我胃口啦。记得我们只带了些干粮，你是怎么做出这些美味的呀？”

“噢，这不算什么，”厨师回答道，“我用汤姆发动机房里提取出来的蒸馏水稍微给汉堡提了点味，我觉得跟平时做饭没什么差别，如果我这么告诫自己的话！”

吃完午饭后，汤姆、巴德和肯特在基地旁边散步，心里还在回味着乔的美味。

“机长，下午有什么安排呢？”巴德问道。

“我想再去做一些勘探工作，”汤姆说，“自从上一次米罗夫提到那个瞬间消失的太空飞船，我就一直希望能够发现一些证据，来证明我们的太空朋友真的来过‘小月亮’。”

“好主意！”肯特表示赞同，“那我们就从那边的山脉开始吧？”他用手指了指西边。

“没问题，”汤姆表示赞同，“我们要带上机器人罗比，我还想勘测下这里是否有放射性矿石。”

他们三个迅速回到飞船，取出机器人罗比。经过长廊的时候，少年们听到乔正在生气地喃喃自语。

“混蛋！”他咆哮着说，“偷东西的混蛋！”

“他怎么了？”巴德小声问道。此时，他们三个正要一起去“泰坦”的密封舱。

汤姆咧嘴笑了笑：“我觉得他正在骂辛普森医生的小白鼠。”

“为什么？”肯特疑惑地问道，“小白鼠哪里惹到他了？”

“以前在地球上的时候，乔对林鼠产生过阴影，他很有可能以为，这些白鼠和它们是一样的，”汤姆回答道，“我猜他是担心白鼠会跑到仓库里吧。”

不一会儿，三位探险队员就出发了。他们都没有穿太空服，仅仅穿上铁制的鞋子来抵抗低重力。

罗比大踏步地走在前面，就像一块小型金属在地面上滚动，汤姆他们也大步地走过这块贫瘠的岩石地带。

很快，他们就来到山脚下，开始沿着蜿蜒崎岖的岩石艰难地前行。峭壁山峰色彩斑斓，抬头仰望，感觉恢宏雄伟。事实上，与地球上的山脉相比的话，它们是非常渺小的。

“就像小型的阿尔卑斯山。”肯特评论道。

在这条狭窄的小径中，巴德走在了最前面。这时他绕过一块圆形巨石，“快看，那里有个洞穴！”他突然大声地说。

巴德的声音让汤姆急忙跑到前面。映入眼帘的是一幅十分奇特且迷人的景象。陡峭的山峰上遍布着蓝色石头，正对面是一个非常大的洞口。看上去，应该是通道的入口。洞口非常大，足以同时容纳三个男孩并排通过，通道的地面非常陡峭，目测倾斜角可达75度。

肯特低低地吹了声口哨：“嘿，这也太光滑了吧，完成得也非常好，一点都不像一个天然的洞穴，或是岩石裂缝。在我看来，这完全就是人工修建的杰作！”

巴德兴奋地看了一眼汤姆：“你有什么想法？”

汤姆认真地看着洞口，眼中满是敬畏。“可能是我们的太空朋友开凿了这条通道！”他小声说道。

“但是，为什么要把它修得这么陡峭呢？”肯特问。

“我只是猜测。”汤姆回答道，“但可能在他们自己的星球上，也是低重力，这样的斜坡更利于攀爬。”

突然，他灵光一现：“如果太空朋友真的来过这颗卫星的话，他们可能会给我们留下一些指示，甚至还可能会有一些关于他们文明的东西！”

“噢，发出嗞嗞声的火箭！”巴德喊道，“那我们还在等什么？”他迫不及待地往斜坡上爬，汤姆却一把将他拉了回来。“怎么了？”巴德抱怨道。

“你听！罗比内置的盖革计数器正在检测辐射！”

汤姆打开几个控制按钮后，滴答声越发响亮了。汤姆看着转盘上转动的指针，兴奋异常。“辐射值这么高！”他大声地说。

“哇！幸好你带上罗比了，”巴德说道，“那么让它先去探测下洞穴怎么样？”

“我也是这么想的。”

汤姆操作便携式控制面板，给罗比输入了行走指令。这个矮小的机器人开始一板一眼、哐当哐当地往通道上走。然而，角度实在是太陡峭了，走了几步后，它就失去平衡，向后翻了下来！

“当心！”肯特大声喊着。三个少年连忙向一旁闪躲时，机器人就停在了他们的脚边，翻滚发出的哗啦哗啦声在峡谷中回荡着！

“哦，好吧。”汤姆嘟囔道。他在巴德的帮助下，重新设定了机器人的参数。然后，他突然拿出一把十字螺丝刀，将机器人脑袋后面的一块金属片取了出来。

“哪里有损害吗？”肯特问道，汤姆正在检查机器人内部的电子控制系统。

“目前还不太清楚，”汤姆说，“因为罗比身上带有橡胶减震装置，所以它被保护得十分完好。但是我必须重新设置下它体内的回转稳定器，显然，这台装置无法抵消这个陡坡带来的损伤。”

巴德提议说他先回到“泰坦”，取回一些必备的工具。他脱掉了沉重的太空靴，飞快地跑回了基地。几分钟之后，他带回了一个工具箱和一盏便携式照明灯。“我想，我们进入洞穴后应该需要这个。”他气喘吁吁地说。

“太好了！正需要这个。”

很快，汤姆就打开了机器人罗比的金属外壳，调整了中间的回转稳定器。然后，罗比开始再一次尝试攀爬斜坡了。它的机械手中拿着照明灯。这一次，小机器人成功了。

“噢，太了不起了！”巴德低声说道。

三人顿时产生了浓厚的兴趣，眼睛都紧紧盯着控制面板上那块十五厘米的屏幕。通过罗比的摄像头，他们看到陡峭的通道突然变平了。

经过一阵头昏目眩的晃动后，回转稳定器让机器人的身体调整到平衡位置了。

“感谢上帝，他没有摔到鼻子，”汤姆说，“我对修理这个可不太在行。”

汤姆打开控制按钮之后，罗比缓缓地向前挪动，灯光左右摇晃。显然，它已经进入了一个巨大的洞穴。白色的墙边整齐地摆着一排架子，架子上摆放着一堆奇怪的物品，反射着炫目的光芒。有些看上去像是用于化学试验的玻璃器皿，只是形状有些扭曲，其他的看上去更像是用石头或金属制成的。

三个男孩都屏住呼吸，目不转睛地看着。

在地中央摆放着一块立方体形状的石头，边长大概有三十厘米，看起来应该是惰性煤。但在汤姆控制机器人接近它后，罗比的动作开始变得迟钝和古怪起来。

“我控制不了它了！”汤姆倒吸了一口凉气。

突然，屏幕开始闪烁，最后竟然完全黑屏了！

“怎么了——发生什么事了？”巴德小声地问。

第十八章 空中袭击

“咱们俩想一块去了！”汤姆小声嘀咕着。他心里充满了困惑，胡乱地操作着控制面板，然而依然毫无反应。

大家面面相觑，非常沮丧。“现在该怎么办？”肯特问道。

汤姆耸了耸肩说：“我们唯一能做的就是到船上取回防辐射服，然后进去找到罗比。我想，我一个人去比较合适。”

巴德反驳说：“我们怎么会眼睁睁地看着你一个人去冒险呢。”

“此外，”肯特说道，“我也想见识见识架子上的东西。”

“好吧。那赶在罗比还没有受太多的辐射之前，让我们赶快行动起来！”

汤姆和他的两个朋友将便携式控制面板留在洞穴外，急匆匆地赶回了基地。登上“泰坦”后，他们来到队员工作舱，打开储物柜，拽出绿色连体防辐射服，探险队员每人一套。这些衣服里加入了托马塞特的成分，是专为那些需要暴露在原子辐射中的工作人员设计的。

“天哪，地板上的那个小玩意真吓人！”巴德强调说，挣扎地穿上他的衣服，“你觉得是什么让罗比失灵了呢？”

“应该是那个原因，”汤姆回答说，“它一定是发射出某种辐射能，以至于——”

突然，“泰坦”外传来刺耳的呼喊声和尖叫声。

“发生什么事了？”肯特大叫道。

“好像是袭击！”巴德惊呼。

男孩们冲出工作舱，爬出密封口，映入眼帘的是一片骚乱的场景。大量受惊了的白鼠向各个方向发疯地乱窜，在低重力的作用下跳起惊人的高度。在它们身后的是乔·温克勒，高高举起一把菜刀，大踏步地向前跳跃着。

“一群偷东西的强盗！”他叫嚷道，“我要把你们剁成肉馅，你们这群偷东西的耗子！”

就在乔左右挥舞着菜刀的同时，辛普森医生正在全力地追赶他，想要去控制住这个愤怒的厨师。

“不要伤害它们！”医生乞求道，“它们是有用的！乔，快停下来！求你了！”

叮！……砰！……铛！

看到乔、医生和老鼠们的这幅场景，大家都忍不住笑得前仰后合。最终，汤姆强忍笑意，抱住了乔的腰。

“停下，乔！”他大声喊道。

乔气喘吁吁，像一只精疲力竭的海象，愤怒地大声抱怨。过去的三个小时，他都在搭配食材以制作压缩食品，试着为员工们带来一款芝士虾球点心。

他把刚做好的整盘食物放在了“泰坦”外面，食物距离老鼠的笼子非常近，老鼠们在笼子里舒服地晒着日光浴，突然闻到了食物的香气，于是它们拼命地钻出来，很快就干掉了这份大餐。

“它们吃得连面包渣都没剩下！这群低级的、讨厌的家伙们！”乔痛哭起来。

汤姆尽力去安慰厨师时，辛普森医生赶紧收拾好了案发现场。医生尴尬地向乔道了歉并许诺会用钢丝加固笼子，白鼠们就不会再这样了。

令人激动的一幕最终平息了之后，男孩们匆忙地返回了那个神秘山洞。汤姆带着一台背包大小的计数器和一把钢钳，用来处理那个神秘的立方体。

巴德和肯特每人带着一个塞满托马塞特的袋子。

男孩们穿好绿色连体防辐射服，攀上陡峭的斜坡——这条斜坡直通布满岩石的洞穴深处。

罗比装备的探照灯仍然发着耀眼的亮光，但是这可怜的机器人正无助地躺在洞穴里。

在几米远的地面上有一个立方体。在洞穴那可怕又寂静的氛围中，这个形状奇怪的物体令人感到恐惧。汤姆看了看，发现它并不是一个完美的立方体，它的六个表面均是经过多个步骤加工形成的。

“汤姆，我们先做什么呢？”巴德问道。

汤姆走向那个立方体，用钳子把它夹了起来。就在这时，它立刻发出了耀眼的白光！

“老天啊！快看！”肯特呻吟道。

汤姆把它放下，它又变得暗淡起来。汤姆困惑地嘟囔着：“我最好检查下它所发出的辐射指数。”

汤姆手持盖革计数器朝向立方体，看着刻度盘上的指针猛地一下蹦上去了。他惊呼道：“我的天！这东西的温度比手枪还要热呢！”

“太热了拿不起来？”肯特问道。

汤姆摇了摇头说：“这身装备是拿不起来了。罗比一定是吸收了相当多的辐射了。你们两个去尽可能多地带走架子上的东西，我来把罗比从这里拉出来。”

就在汤姆拉着机器人叮叮当当地通过斜坡的同时，肯特和巴德正焦急地整理他们想要的东西。

“看！”肯特大声地说，“它们表面上的是某种记号或者是象形文字！”他举起其中的一个物体，在探照灯的光亮中仔细查看。它是一个红色泪滴形的印记，带着金属光泽。

“就像汤姆在示波器上发现的太空符号一样！”巴德说。

过了一会儿，汤姆再次返回洞穴，确认了这些符号。三个年轻人急匆匆地把东西装进他们带来的袋子里。

“好啦，咱们走吧！”汤姆催促说。

当巴德和肯特每人肩上扛着一个袋子并开始往坡下走时，汤姆又拿起钳子夹起了立方体。他刚刚夹起，那个神秘的物体就发出了耀眼的白光！

“罗比怎么样？”他们刚刚走出洞穴，巴德就询问道。

“我们要把它留在这里以释放一些它吸收的辐射，”汤姆回答说，“我们过一会儿再回来取它。出发吧！”

尽管他们的负载很重，三个人还是很快地回到了基地。令他们感到惊讶的是，基地似乎被遗弃了。

“大家都到哪里去了？”巴德问道。

“一定是都上飞船了。”汤姆困惑地说。

仿佛是为了证明他的说法，密封舱门突然被打开了。乔·温克勒跳了出来，向他们跑了过来。

“快点！快点进来！”他疯狂地喊道。

“基地发生什么了？”巴德问。

乔向上指了指，大声地说：“看你们身后！”

男孩们警惕地转了身。头上盘旋着一架巨大的飞碟状直升机，犹如一只正在捕猎的大鸟。

“是C国人！”肯特叫喊着。

就在他说话时，机身弹出的炸弹舱门突然打开，四根蛇形探测器出现在眼前。每个探测器前面都有一只巨大的吸盘，它们正杀气腾腾地向四个人靠近。

“快跑！”汤姆喊道。

三个年轻人和乔飞快地冲向“泰坦”，然而乔的速度赶不上其他几个人。

一声恐怖的叫喊从空中传来！

汤姆飞快地转过头看。眼前的景象吓得他脸色苍白。乔被一只吸盘紧紧夹住，正被拖进太空飞船里。

第十九章 太空营救

目睹乔被活生生地拖进敌方飞船中，汤姆的血液都凝固了。但是，他却没有力量去救回这个忠诚的A国人。

汤姆自己匆忙地躲开一只向他袭来的吸盘。现在已经没有时间进到“泰坦”里了！巴德和肯特也同样在疯狂地左右闪躲，以躲避探测器上的吸盘。

就在此时，汤姆手里的神奇立方体似乎被激活了，它朝那些探测器发出一道道耀眼的射线。

随着射线发出的，是灼热的嘶嘶声，三台蛇形探测器全都被立方体发出的射线摧毁了，冒了烟。

“太棒了！”巴德疯狂地欢呼着，“让他们尝尝厉害，汤姆！摧毁他们！”

汤姆冲动地举起立方体对准C国的太空飞船，但是突然间他停住了。如果他此刻消灭了对军，也许会导致地球上发生核战争。此外，乔还被囚禁在飞船上！他的生命不应该受到威胁。

就在汤姆犹豫之时，敌方飞船迅速飞出了攻击范围，转而就消失了。

巴德很是失望：“汤姆，你为什么不乘胜追击呢？”汤姆解释了一番之后，巴德不得不承认他朋友的做法是正确的。

“我们一定要采取别的方法救出乔。”汤姆下定决心说，而其他人纷纷表示赞同。

这时肯特说：“汤姆，我现在仍没有弄清楚发生了什么，但确实是小立方体奇迹般地救了我们！”

汤姆承认他也很困惑，此外还有一些事情令他不解：“那艘太空飞船正是我和巴德、加特扎克博士在他们基地所看见的那一艘，但那时候飞船上并没有安装旋翼。”

“米罗夫，”巴德说，“或许他把它们派过来是因为他从间谍那儿得知你正在创造大气。”

就在这个时候，队员们从“泰坦”里鱼贯而出。汤姆提醒他们小心那个耀眼的立方体，又吩咐汉克·斯特林用托马塞特为这个神秘物体做一个容器。

“我相信是我们的太空朋友将它放在我们发现的那个洞里的。”

与此同时，亚弗·汉森讲述了仅仅几分钟之前，C国的太空飞船是如何被发现的。当A国人全都安全躲进“泰坦”后，飞船也离开了，男孩们刚刚回来的时候它又再次出现了。

汉克迅速地完成了任务，他手里拿着一个小盒子来找汤姆，盒子由一种绿色的塑料物质构成。“汤姆，试试看这个能不能装得下。”汉克说。

汤姆用铁钳将发光的立方体夹起，放到盒子中，随即又用塑料薄片把它包裹起来，之后用盖格计数器进行简单测量，显示立方体在托马塞特的包裹下已经没有危险了，才将它放入船上贮藏起来。

现在，队员们开始一窝蜂地问汤姆发光立方体是怎么回事。有人问：“它是一种发射死亡射线的装置嘛？”

“我不清楚，”汤姆回答说，“现在先别讨论了，我研究之后再告诉你们。”

尽管汤姆回答得很谨慎，但是他的头脑中涌出各种大胆的推测。很显然，立方体拥有惊人的能量。但究竟是何种能量？这种能量又是用来干什么的呢？此外，如何控制这种能量？最重要的是，为什么太空朋友会把它留在洞穴里呢？

“汤姆，乔怎么办？”格雷夫斯大声地问。

“我没有忘了他，”汤姆哭丧着脸说，“我们除了等待，什么也做不了。”

“什么，等？”巴德想要采取一些行动。

“我相信我们很快就会从C国人那里得到消息的。”

汤姆沉着脸说：“他们或许会将乔作为人质并且试着让我们——”

嗖——砰——！汤姆的话被导弹刺耳的呼啸声淹没了。所有人急忙抬头向上看，一个银色的模糊物体飞过基地上空，在基地附近着陆了。

“另一封信！”巴德叫喊道。他立即想走上前去，这时汤姆下达了命令：“你们所有人待在这里，我去检查。它有可能会爆炸！”

他急匆匆地来到坠落地点，拧开了弹头的部分。里面有一个盒子，盒子里面装着一封信。汤姆将探险队的队员们叫上前来，当大家围在他周围后，他开始大声读起来：

汤姆·斯威夫特，A国指挥官：

请在一个小时内离开，否则我们囚禁的人将会被处决。

如果你同意离开，他将会被安全地送回地球。如果你不同意，他将会在一个小时后被处决！

“那些卑鄙的人！”巴德握紧拳头，大声叫喊道。

“不要在意这些了！”格雷夫斯打断他说，“我们现在应该做什么——像一群可怜狗一样灰溜溜地走开，甚至都不抗议？”

“绝不会这样的！”汤姆打断他说。他走来走去，不断用手指挠着他的金色短发。他的眉毛皱起，陷入深深的思考中。

突然，他停下了脚步，脸上露出了淡淡的微笑：“我有主意了！”

“说来听听。”巴德催促道。

“我有一种预感，”汤姆说，“C国人会将乔囚禁在他们的太空飞船外。”

汤姆解释说他们的敌人不会让A国人知道任何他们的秘密。因此，他们或许不到最后时刻是不会将他带入太空飞船的，并且还得蒙住他的双眼。

“希望我是对的，因为这是我们唯一的机会。我来说说我的计划。”

众人听着汤姆讲述他的计划。当他讲到如何使用空气制造机智取的时候，大家的脸上露出了会心的微笑。然后他和肯特带着太空服跳进一辆月行车里，全速向北方前进。汉克·斯特林和格雷夫斯驾驶另一辆月行车，向南方驶去。

与此同时，探险队的直升机进入紧急战斗状态，巴德驾驶它全速前往C国基地。正如汤姆推测的那样，巴德看见敌军飞船外的透明穹顶已经被移除，以便进行发射。因为大气层的存在，他们可以毫不犹豫地移除穹顶了。

巴德在安全距离范围内盘旋在空中，他曾经在基地接受过双

筒望远镜的训练。一个看守将乔拘留在飞船外！厨师短粗的手指和他红黄相间的牛仔衬衫非常显眼。

巴德拨开直升机的电台，朝着麦克风说了一个词。“收到！”对方传来回信。

然后他就飞回“泰坦”着陆了。基地的其他队员已经成功进入“泰坦”，巴德爬进了密封口，密封了舱口。

与此同时，两辆月行车内的同伴也都通过耳机收听了巴德的报告，全速向极点驶进。汤姆和肯特彼此笑了笑。

“目前为止，都很顺利！”年轻的科学家小声说道。

他们刚抵达小卫星的北极点，汤姆就跳出月行车。他卸下大气扩散机，并用扳手拆下了惰强漆的核心装置。红色警报灯立刻亮了起来，汽笛也大声鸣叫。

汤姆很快爬回月行车，就在疾速驶向敌军基地的途中，他和肯特穿上了太空服。

接下来的15分钟十分关键。现在一切都取决于汤姆的冒险能否取得成功。

当他们靠近C国基地时，肯特握紧了汤姆的胳膊：“机长，他在这！”

在透明应急帐篷里，乔激动地向他们挥手，他灰白色的脸上泛起会心的笑容。和汤姆预期的一样，C国人一听到警报声，就飞快地涌向他们的太空飞船，完全忽视了囚犯的安全。

乔被拖上了月行车。“别忘了我的艾树茶，”他喋喋不休地说，“我就知道你们一定会来救我的，我一直等着你们呢。”

“快走吧！”汤姆催促道，“米罗夫的人很快就会想起他们的太空服，然后就会像疯狂的蜜蜂一样来追赶我们！”

第二十章 蓄意破坏！

汤姆想极力逃脱追捕，于是全速驾车驶离了C国基地。在北极点，他努力爬出月行车，重新启动了空气制造机。接着通过无线电让汉克和格雷夫斯启动南极点的另一台空气制造机。

很快，汤姆的营救队便在返回A国基地的路上了，完全没有C国人正在他们身后穷追不舍的迹象。

肯特·罗克兰长舒了一口气，如释重负。“汤姆，告诉我一件事，”他嘀咕着说，“如果乔被关在太空飞船内的话，你会怎么做呢？”

汤姆想了想，咧嘴笑笑说：“如果乔被关在里面，我就会进去救他！”这位年轻的发明家语气笃定，肯特和乔便知道他是认真的。

一行人抵达基地后，受到了大家的热烈欢迎。空气又恢复正常状态，队员从“泰坦”里蜂拥而出，围在营救队员的周围。

鲍勃·杰弗斯拍了拍乔。“你怎么会想到让那条大蛇抓住你呢？”他开玩笑说，“在地球它们不会长那么大吧？”

乔咧嘴一笑，挠了挠脑袋。“哥们，如果我见到像在牧场上见到的那样大的响尾蛇的话，”他慢吞吞地说，“我确信我会爬到最近的地鼠洞里，然后把它拖进去！”

到达基地后，汤姆急忙登上船，跑向无线电室。迪林刚和空间站取得联系，汤姆就将整个绑架事件原原本本地说给他父亲听。

“爸爸，我们必须采取行动了！”汤姆恳求道，“否则，我们就要受米罗夫的摆布了！”

斯威夫特先生听起来非常焦虑。“目前还没有接到政府的官方声明，”他说，“在得到他们的指示之前，要尽可能避免直接冲突。要知道，太空的战斗也许会给地球带来一场致命的核战争！”

汤姆保证会在力所能及的范围内避免冲突。结束通话后，巴德大步走了进来。看到他气得脸发红，汤姆便猜到了他心里的想法。

“伙计，冷静下来，”他温和地说，一只手搭在巴德的肩上，“无论如何我们都要保持冷静。”

“但是汤姆，米罗夫欺骗了我们啊！我们不能熟视无睹，任他逍遥法外！”

“巴德，现在失去理智是一件很危险的事情。”汤姆安静地说。他转述了自己和父亲之间的对话。

巴德听着，但仍固执己见：“我还是觉得应该和他们决一胜负。”

“我倒是可以做一件事。”

“说吧。”巴德将信将疑。

“我可以试着破译他们飞船无线对讲系统的扰频器！如果我们能够提前窃听到他们的行动计划，”汤姆继续说，“那么至少会有利于我们进行防御。”

“那可不简单。”迪林警告说。

“的确，但值得一试。”汤姆回答说。

他要求迪林在“泰坦”周围设置雷达扫描装置，又让巴德安排人员全天候执行守卫任务。然后他迅速来到实验室，专心在电子隔间工作。

两个小时过去了，汤姆已经在底板上装完了电线，底板上满是发光的真空电子管、晶体管和电容。这时巴德走了进来。他盯着年轻的发明家精心设计的作品。

“我猜你能破译他们的扰频器了？”巴德问道。

“伙计，就是你看的这个！”汤姆咧嘴一笑，拔掉烙铁，从工作台上拿起底板，“走吧。我们把这个给迪林。”

在通讯室内，迪林惊奇地听着汤姆解释他的辨音器的工作原理。汤姆把它挂在飞船的无线电接收端。

“让我们看看是否能接收到什么东西。”汤姆补充道。他转动定向天线以便接收到最强的信号，然后拨动了几个转盘。

很快便接收到声音，是一个用C国语下达的命令，另一个声音回答了。紧接着是片刻的寂静，然后便是另一段简短的对话。尽管没有人能听得懂这种外语，但是从麦克风中发出的声音十分清晰，无比流畅。

“汤姆，你真是个奇才！”迪林称赞道。

汤姆谦虚地摆了摆手。“安排队员一刻不停地监听信号，”他对无线电机务长说，“不用管像刚刚听到的那样的日常闲聊。但是如果听到任何长对话，就到医务室找加特扎克博士翻译。”

“收到，机长！”

按迪林手表上的时间又过了一小时，男孩们离开了。巴德告诉汤姆，他刚刚操作机器的时候，员工们已经筹划好，要在今晚举办宴会，庆祝乔的归来。他接着说，热情的厨师亚弗·汉森在家乡肖普顿是露天烧烤的行家，他已经接管了厨房，制作了好多诱人的美味。

“汤姆，等着瞧吧。”巴德说道，带他向厨房走去。

其他人等待着，他们把餐盘摞起来，就像吃自助餐时那样摆放，围在桌子旁谈笑风生。

汉森身高一米八，体格敦实。他站在门口，手里拿着一把大勺子，戴着一顶高高的白色厨师帽，兴高采烈。

“天哪，这个真好吃！”汉克·斯特林说，嘴里咬着一个金棕色鱼丸。

“这是汉森的P国料理！”巴德宣告道，意思是汉森有P国血统。

乔和他的同伴们都很享受这顿晚餐。“胡椒味的鲱鱼味道还真不错，”他边大口吃着边说道，“我要是不看好汉森这壮汉，那我一定会失业的！”

突然间，罗恩·科里递给汤姆一小盘新鲜的小叶菠菜，汤姆惊奇地停了下来：“说说，这菜是哪里来的呀？”

科里和吉姆·史蒂文斯做了个脱帽的动作，鞠躬表示感谢。

“小月亮上的奇迹，”吉姆说道，“植物在你创造的空气中生长起来了。”

大家听得目瞪口呆，史蒂文斯继续说：“是的，千真万确，就是地球新月上的产物。”

汤姆尝了口蔬菜，表示非常美味，于是向这些植物学家表示祝贺。

同伴们赞许地拍了拍史蒂文斯和科里的后背，他们露出了自豪的笑容。晚饭过后，除了迪林外的所有人都在室外集合，一同去看他们在卫星上的菜园。

蔬菜地就一小块儿，距离“泰坦”并不远，他们小心地用岩石隐藏了起来。尽管已经接近日落，仍有足够的亮光使人们能够看清一排排整齐的绿色植物嫩苗，其间种植着仙人掌以使水分蒸发降至最低。那些微小低矮的植物正在蓬勃地生长。

“当空气制造机失灵时，你们是如何做到不让植物枯萎的呢？”汤姆问道。

吉姆·史蒂文斯指了指两个应急帐篷包，在菜地的两端各有一个，都装有一台小型的自动装置。

史蒂文斯解释说：“只要周围气压下降，这个装置就能自动按开氧气释放按钮，使氧气充满整个帐篷。乔治·迪林帮我们安装了这些装置。”

“汤姆，想想吧！”罗恩·科里激动地说，“有了你的空气制造机，在小星球上人们可以在几个月里自给自足！”

就在这时，扩音器里传出了迪林的声音：“汤姆，紧急事件。来这里，快！”

汤姆飞快地来到了通讯室，紧跟着的是巴德和格雷夫斯。

“迪林，怎么了？”

“南极点的摄像头中断了。”

巴德瞪着眼睛说：“米罗夫干的，我敢打赌！”

“我们会查清楚的。”汤姆说。他刚刚准备出发，格雷夫斯把他拽了回来：“让我来处理这件事吧，这件事情主要是由我负责的。我会召集几个修理人员的。”

“好吧。”汤姆同意了。

半个小时后，格雷夫斯从南极点发回报告：“我们查不到摄像头发生了什么问题。”

“好吧。把它带回来。”汤姆回答说。由于保护装置暂时缺失，他心里感到不安。“至少我们仍有警报系统。”汤姆接着说。

“顺便说一下，”格雷夫斯大声地说，“在来这儿的路上，我见到了许多有趣的矿石。派个考察队收集更多矿石样本如何？”

“等到明天再考虑这事吧，”汤姆回答说，“我宁愿每一个人都待在基地附近，直到我们弄清楚C国人是否又要生事。”

第二天，迪林报告称并没有从敌军电台中发现任何可疑的信息，所以汤姆勉强同意格雷夫斯派出考察队的建议。一支包括肯特和其他两名地质学家的四人考察队将会外出24小时执行任务。他们准备驾驶一架大型直升机离开，但汤姆仍然十分担忧。

“用无线电保持联系，”汤姆叮嘱他们说，“一旦警报触发，保证立刻安全着陆！”

“不要担心，”肯特笑道，他们握了握手，“一旦大气出现问题，我们不得不着陆！”

螺旋桨转动起来，直升机呼啸地飞向空中。汤姆和巴德一直站在原地挥手告别，直到直升机消失在视野中，他们才慢慢走回“泰坦”，前去看望加特扎克博士。

他们发现这个天文学家正坐在医务室的床上，聚精会神地钻研一道象棋难题。

“博士，你好！谁要赢了？”巴德微笑着和他打招呼。

“你看起来好多了。”汤姆说道。

加特扎克博士看到两个男孩便开心地笑了：“谢谢你们。我现在的确感觉恢复得不错。”

但是笑容很快便消失了。厚重的镜片下，他那眼睛少了些神采，似乎有些烦躁不安。“要是我能重返工作岗位，使用我的望远镜该有多好啊！”他叹着气说道。

“你很快就能起床走动了。”汤姆向他保证。

“这倒是提醒了我，”加特扎克向他们吐露，“我相信或许我碰巧发现了一些重要的东西，事实上至关重要！但是我想再检查一下我的观察结果，之后再跟你们说。”

汤姆和巴德两人都非常好奇，但是这位天文学家拒绝透露他的秘密发现。又聊了一会儿，为了让他多休息，男孩们便离开了。

“科里叫我去菜园，”汤姆说，“他和史蒂文斯要给蔬菜的根系注入一种特殊的液体肥料。”

男孩们走了出去，饶有兴致地看了整个过程。

突然，罗恩·科里大声地说：“快看那些帐篷怎么了，发疯了吗？警报系统没有触发，但是帐篷却自动充起气来！”

“快！”汤姆警告说，“给你们自己的帐篷充气！一定有人蓄意破坏空气制造机！”

第二十一章 极地作战

两个年轻的农业学家打开了氧气帐篷，面罩就像气球一样快速鼓了起来，把人们包裹在透明的保护罩内。

与此同时，汤姆和巴德以最快的速度向“泰坦”跑去，同时绝大多数的队员都已经逃进飞船里了。

“把我们的帐篷也撑起来？”巴德喊着。

“我们现在还有其他事情要做！”汤姆大声回应。他们跌跌撞撞地穿过石路，突然又摔倒在地，感觉到每向前走一步，空气就变得稀薄一分！

“你认为我们能做到吗？”巴德大口大口地喘着气，紧紧跟在朋友身后。

“我们必须做到！”

最后，他们终于勉强爬进飞船的密封舱，封住了身后的舱门。而此时，他们都感觉到胸膛和肌肉尖锐的疼痛感，仿佛被撕裂了一般。

“哦，伙计！”巴德擦掉前额的汗水，气喘吁吁地说，“外面的气压实在是太低了，要是再呆上几分钟，我们就会像炮仗一样爆炸了！”

汤姆旋转泄气阀，打开密封舱的内门，急忙向无线电室跑去。“你在摄像头里发现什么了吗？”他问迪林。

“很不幸，唯一正常工作的摄像头在几分钟前坏掉了。”

“我所担心的事情还是发生了。”汤姆转身对巴德说，“脱下太空服！我去召集汉克和其他人。”

“叫大家做什么？”

“修理极点的设备。我们或许已经卷入到一场战争之中。”

很快，修理队就在“泰坦”外集结了。大家将空气制造机的修理工具和备件运上一队履带月行车后，巴德和两名电工爬上了第一辆月行车。

“祝你们好运！”汤姆对着通讯电话说。

巴德向他挥手：“机长，你也一样！”

巴德的月行车呼啸着向北极点驶去，汤姆和汉克·斯特林也启动发动机，月行车开始行驶，轰隆隆地向南极点全速驶进。

就在目的地刚刚进入两人视线时，汉克惊呼道：“哇，这里还有欢迎队呢！”

前方，在已遭破坏的空气制造机周围，隐约可见一小支C国军队。他们来势汹汹，头戴巨大透明头盔，武装着电子追踪迫击炮和自动榴弹枪，活像卡通片里外星入侵者一样。他们的月行车就停在不远处。

“我警告你们停下！”一个低沉沙哑的声音通过无线电传来。

汤姆酷酷地对着麦克风说：“给你们C国人六十秒时间，赶紧从这里离开！”

回应他的却是一阵气急败坏地叫骂声，因为他的话激起了对方的怒火。随后，那低沉沙哑的声音下达了进攻的命令。紧接着，C国人的武器便开始向月行车疯狂地射击。

但是，当他们发现一发发炮弹都无法击坏月行车时，C国人的表情从充满信心变为惊慌失措。炮弹并没有在月行车上发生爆炸，而是没有任何破坏力地飞向了旁边。

汉克轻笑着说："他们似乎没发现我们的秘密武器，托马塞特涂层。"

"或许吧，也可能他们没有料到月行车上会涂着它。"汤姆说。斯威夫特神奇的塑料形成了一层密不透风的保护层——它的电磁特性使导弹无法爆炸！

"哦，我们用炮塔来消灭他们吧！"汉克期待地说。

汤姆笑了笑，然后说："不必了，汉克，让他们尝尝老式球门冲刺的滋味！"

他踩下月行车油门，全力向前，径直冲向C国的阵地。

C国人在原地站了一会儿，继续徒劳地发射炮弹。

但是，随着月行车的步步逼近，他们开始四处逃窜。

"汉克，抓住方向盘，"汤姆说，"在我修理空气制造机的时候别让他们停下来攻击我。"

"好的。"

汤姆抓起几样工具和一些电子管，打开舱门，从正在移动的月行车里跳了出去。他冲向被破坏的空气制造机，对受损程度进行快速诊断。

与此同时，汉克开着月行车在极点周围绕着大圈子。每当有C国人用武器瞄准汤姆的时候，汉克便驾着月行车冲向他，将他赶走，同时驱散月行车周围的敌人。

突然，巴德的声音从月行车的电台中传了出来："巴德呼叫斯威夫特！你那边进展如何？”

汉克咧着嘴笑了，手指轻弹着麦克风说：“伙计，还不错。你们那边怎么样？”

巴德咯咯地笑着：“当他们知道无法攻击我们后，像一群受惊的兔子一样躲进了月行车里！现在布里格斯和拉森正在外面修理空气制造机呢。”

“我这里的状况和你们相似，不过就是在汤姆修理机器时，敌军不停地进行攻击。”

“顺带说一下，”巴德继续说，“C国人把唯一好用的摄像头也打碎了。”交换意见后，汉克和巴德得出结论，袭击者只进行了小幅度破坏，他们或许谋划着在赶走A国人后，重新修好空气制造机以供自己使用。

汤姆很快就更换了拉迪德发电机中破损的线路，抚平了大气扩散机撞击地面时造成的弯曲。

“汉克，一切搞定！”大气制造机再一次运转时，他对着无线电说。

很快月行车就开到他身边将他接了上来。汤姆刚一上车，就给迪林发了一封紧急电报，告诉他立即派出两队月行车分别到达两个极点，抵御之后可能发生的袭击，随后便挂断了无线电。

“现在，我们修理一下这些太空菜鸟吧！”汤姆对汉克说。

“这将会很有意思！”工程师回答说。

月行车将仍埋伏在附近的C国人一个接着一个地赶了出来，无情地追赶着每个人，直到他们丢盔弃甲。就这样，敌人的武器被月行车履带压进地里，变成一堆扭曲变形的金属。

最后，汤姆命令米罗夫的人回到自己的车上。他们乖乖地照做，落荒而逃。

巴德再次进行呼叫："伙计们，我这里任务都完成了。布里格斯和拉森已经回到了车里，空气制造机再一次正常地工作了。"

"派来守卫的月行车正向这里赶来接替我们的工作，"汤姆告诉他，"在他们赶来之前，你们待在那儿别动。"

一个小时过后，汤姆和汉克返回到"泰坦"。他们刚一走进密封舱，就见迪林愁眉不展地迎了上来。

"怎么了？"汤姆问。

"冶金学家格雷夫斯的队伍，在刚刚空气制造机损坏后，就和基地失去了联系。"

汤姆抱怨道："在没有警报提醒的情况下，他们或许无法着陆，也无法将帐篷打开。你有尝试着和他们取得联系吗？"

"自从你离开后就一直尝试着进行联系。"迪林说。

"好的，继续联系。巴德回来了吗？"

"他这不是来了。"汉克指向窗外驶来的一辆月行车说。

汤姆急忙跑出飞船外，与同伴说了这个不幸的消息："我要驾驶另一架直升机去搜寻他们。巴德，你和我一起去吧。"

男孩们跑向停机坪，爬上了直升机。汤姆拨动了点火装置并按下启动按钮，螺旋桨旋转起来，直升机飞快地升上空中。他们大概搜寻了十五分钟，此时汤姆发现了一堆绞在一起的帐篷，而在不远处则是一架刚刚坠毁的直升机。

汤姆找到一处着陆点着陆，随后男孩们跑到最近的一顶帐篷将其抬起。

格雷夫斯躺在下面，胸腔上下起伏，困惑地说："你——

你！空气就快——没有了！”

“大气已经恢复正常了。”汤姆和他说完就跑向了另一顶帐篷。

巴德从一顶帐篷跑向了另一顶，告诉那些人们机器已经修好，他们无须担心。冶金学家们吸足氧气，恢复体力后，便向汤姆一行人讲述了他们的经历。

“真是太侥幸了！”格雷夫斯说。他们队伍发现大气开始扩散时，就立即进行了紧急迫降。尽管一个人因血管破裂流了些血，绝大多数人还是比较及时地打开了氧气帐篷。

“幸亏我们当时离地面还有五米高，否则我们就全完蛋了！”驾驶员后怕地说。

汤姆和巴德检查了紧急迫降过程中直升机受损的降落齿轮和控制器，发现必须派机械师们赶过来修理。

“所有人都挤进我们的直升机里。”汤姆如此决定。

“说起来，我差点把最重要的事忘了！”他们进来时，格雷夫斯突然说，“还记得当初在这颗卫星上着陆时，我们发现的一种全新的轻金属嘛。虽然之前发现的量很少，还不足以引起重视，但我觉得这一次我们发现了一个巨大的矿藏。”

直升机升空后，他指引汤姆飞向那片区域。

过了一会儿，杰森·格雷夫斯说：“就在那里！”从空中向下望去，可以看到那片地面岩石全都凹陷下去形成了大坑，坑内黄色斜坡上布满一条条银色的痕迹。

汤姆降落了飞机，几个人呈扇形散开，拿着鹤嘴镐收集样本。很快，他们便回到直升机汇合，每个人手里都拿着几大块岩矿石。

汤姆和其他人迫切地想要知道他们发现的到底是什么金属，便迅速返回了“泰坦”。一到实验室，汤姆就将样本一个个地放在光谱仪下进行检测。格雷夫斯和肯特在旁边看着，当年轻的发明家频频摇头时，他们也同样感到无比失望。

“我所检测到的全都是我们已经发现了的金属。镍、铬、钛，还有微量的钶元素——基本上全都是这些。”

“你还没有检测那块最大的样本呢。”格雷夫斯催促说。

汤姆将它放在光谱仪下。当金属被加热到炽热状态时，他开始研究相片底片中的分析结果。突然，他兴奋不已。

“这会是一次惊人的发现！”汤姆大声喊道。

第二十二章 洞穴里的秘密

“汤姆，是什么？”当所有人的目光都聚集在矿石样本上时，肯特激动地问。

“一种在地球上尚未被发现的金属。从它的光谱上可以看出它具有与众不同的特性。”

在格雷夫斯的协助下，汤姆立刻进行了一系列测试。通过电解还原的方法，汤姆从矿石中分离出了足量的金属，并在物理测试机上进行滚动、扭曲、弯转、凹陷和分离测试。

格雷夫斯对金属横截面进行了腐蚀实验，并在高倍显微镜下进行观察。与此同时，汤姆将这种银色金属浸泡在酸和其他试剂的混合溶液中，以检测其抗腐蚀能力。

“简直难以置信！”格雷夫斯从显微镜上抬起头来，大声说，“这种金属优于我所研究过的任何物质！”

汤姆一边认真地擦着手，脱下橡胶围裙，一边点着头：“稍等片刻，我会向你们展示它真正的化学特性。”

二十分钟后，汤姆将整个探险队聚到了食堂。

“我这有一份有关新金属的报告，我们将这种金属命名为卢奈特。”汤姆的声音在众人小声议论时响起。

刹那间四周一片安静，只能听见厨房里乔用勺子搅拌汤锅的声音。

“这种新金属，”汤姆继续说，“硬度惊人并且具有很高的可用性。它的反射性很强，却比镁元素轻很多！”

房间里响起一阵惊叹声。

“即便仍使用现有燃料，”汤姆继续说，“一架用此金属制成的惰强漆涂层的太空飞船也能穿越整个太阳系！”

这个消息使技术人员们都震惊不已，四周顿时响起了各种议论声，各种奇思妙想如雨后春笋般涌出。有人说首先应该去火星或金星；还有人畅想到小行星开采有用矿物，获得巨额财富。

“如果有一天，”格雷夫斯发出洪亮的声音，这声音曾让他在商会的午宴中备受关注，“如果有一天，我们能发现一种能源创造出前所未有的速度，就可以登上任何一颗星球。”

“任何一颗星球！”加特扎克博士重复着。加厚的镜片后面，是他那双眼睛，无限憧憬地望向太空，“想想吧——那片广阔的宇宙，几乎没有被科学家探索过！而现在，在有生之年，我们或许能近距离地探索它！半人马阿尔法星、天狼星、天蝎座白星！”

突然天文学家大声地说：“这提醒了我——”他从桌子上跳起，一下子就冲出了房间。

其他人看着他的背影，迷惑不解。

“他在研究一些不寻常的东西，”汤姆笑着说，“但是到目前为止，加特扎克博士还没有透露过他研究的是什么。”

年轻的发明家转向格雷夫斯，继续说道：“顺便说一句，我相信这种新金属或许可以解释这颗卫星高反射性的原因。”

格雷夫斯点了点头：“毋庸置疑！这也说明了为什么从地球

上看它是那么亮！”

午饭前，汤姆向空间站发送了一篇完整的有关新金属的报告。

“真是一个惊人的发现！”斯威夫特先生回应说，“我已经忍不住想拿它来做实验了！单单这一项发现就让探险活动不虚此行，也为全人类带来了巨大的福利。”

“父亲，这就是我要说的好消息。现在要说坏消息了。”汤姆向父亲讲述了C国人是如何破坏空气制造机的，还有在极点附近发生的小规模冲突。

斯威夫特先生感到非常震惊：“汤姆，这简直是太离谱了！事情的结果可能对每个A国人都是毁灭性的！”停顿一会儿后，他继续说：“国务院已经向C国提出了抗议，但是目前还没有任何回应。”

“那如果他们再次攻击我们呢，父亲？”

“无论如何也不要发起战争！”

简单的讨论过后，汤姆同意进入高度戒备状态。同时，他的父亲指出，A国无疑还会向C国大使馆发出第二封更加强烈的声明。

“我会布置另一种警报系统的。”汤姆对父亲说，这是一种安装在空气制造机和飞船上的电眼警报装置，一旦有人进入两者三十米的范围内，警报声就会响彻“泰坦”。

“儿子，这主意太棒了！”斯威夫特先生赞同地说。

汤姆挂掉无线电话，下达命令修理损坏的直升机。他草拟了警报系统的方案，并交给电子工程师们布置。

然后，汤姆套上绿色连体防辐射服，拿着奇怪的发光射线装

置和其他在洞中发现的物品，进入了实验室。此后的一个多小时内，他使用了各种科学工具对立方体进行了检测，包括他自己的光谱仪、衍射光栅、X射线、紫外线、氢低温箱和电子显微镜。没有一个能够让汤姆彻底了解立方体的秘密，年轻的科学家甚至不能确定如何把它拆开！

“我有预感，这个装置可能是此卫星人造重力的增能器。”他沉思说。

“但它如何获取能量呢？这些能量又如何转换成为可控的万有引力呢？”汤姆心里充满了困惑。他必须对此问题进行更深入的研究。

过了一小会儿，汤姆把巴德和肯特叫到实验室来。

“怎么了？”巴德问。

“我一直在翻译这些东西上的外星符号，”汤姆放下一本《星际词典》说，“这些符号的要点是说，太空朋友一路上将这颗卫星从小行星带移动到地球附近的轨道上。不要问我他们是怎样做到的，但是他们做到了！”

男孩们吓坏了。肯特充满敬畏地说：“想想你那太空朋友在指挥中心拥有的巨大能量吧！”

“但他们为什么要这样做？”巴德问。

“他们想要我们帮忙营造一个类似于地球的大气环境，”汤姆解释说，“他们计划尝试着居住在上面，来判断他们是否能够在地球中生存。”

“那么他们为什么不待在这里找出答案呢？”

“还记得米罗夫告诉过我们，他们曾在雷达中发现过奇怪的太空飞船吗？”汤姆问，“我相信我们的太空朋友当时就在上面。他们发觉了C国人很危险，如果和他们进行联系的话，他们自己或许会被消灭的。”

“但是，如果那些太空朋友拥有如此发达的科学，”肯特不解地说，“为什么他们还会害怕呢？”

汤姆摇摇头说：“这个问题很好。但是我不能做无把握的猜测，因为我对我们神秘的太空朋友的身体构造和性格特点全然不知。”

突然，汤姆跳了起来，拨弄着他的手指说：“现在说起来，或许洞穴中的东西中还带着更多的信息！”他决定立刻就去调查。

汤姆穿好绿色连体防辐射服，带上那本《星际词典》，三个男孩出发前往洞穴。肯特带了一部通讯电话，以便受到攻击时能够与“泰坦”保持联系，巴德带着一盏大功率探照灯和三个防辐射袋。他们发现机器人罗比还站在洞口附近，仍具有放射性。

“我们最好将对讲机也留在洞外，这样它就不会受到洞内强烈辐射的影响了。”汤姆建议说。

一进洞穴他们便注意到墙上布满了太空符号。在探照灯的照射下，汤姆翻译了这些符号。

“嗯，我的猜测是对的，”他说，“那个立方体正是人造重力的增能器。”

太空朋友似乎已经构建起和地球上一样的重力环境。他们认为如果汤姆能够成功地制造出大气，那么重力将有利于将气体依附在卫星表面。此外，这也给了汤姆一些提示，那就是这些太空朋友更适应于何种重力环境。尽管相信自己能够承受住更大的重力，但是这些神秘的人还是意识到了这颗卫星不是进行测试的正确地点。

“为什么呢？”巴德想要知道问题的答案。

“那是因为在距离地球如此近的条件下，更大的万有引力会影响潮汐，引发洪水，淹没所有大陆。”汤姆解释说，“这就意味着他们对我们的星球有着充分的了解。”

剩下的内容主要是说太空朋友希望这次实验能够教会他们如何让自己长时间地适应地球上的环境。

汤姆又用了半个小时的时间翻译了架子上其他物体上的符号。但是这些并没有关于神秘立方体的进一步提示，也没有太空朋友将它留在这里的原因。

“看来我们必须要靠自己来弄清楚了，”汤姆最后说，“好吧，在此期间，我们把这个东西拖回飞船上吧。”

男孩们每个人都背着一袋子刻有符号的物品走出洞穴时，他们听到噼啪的静电干扰声和一个微弱的声音。

“嘿，是通讯电话的声音！”巴德大声说。

汤姆急忙跑上前去，调大了声音。

他刚好及时听到了迪林的声音：“——回到飞船来！！汤姆，马上回到飞船来！”

第二十三章 疯子的计划

汤姆用手指轻轻拨开麦克风，问迪林为什么如此紧急让他快速返回呢?

“我从C国人的无线电系统中得到一些重要情报，”迪林报告说，“听起来像一次很激烈的争吵。加特扎克博士正在赶来无线电室进行翻译。”

“我们会尽快回去的。”汤姆答应说。他把他的背包挂在肩膀上，对巴德和肯特说了这个消息。“我们走吧！”他催促道。

男孩们在低重力的环境下就像跳跃的羚羊，匆忙地赶回了“泰坦”。在飞船的通讯室内，他们找到了迪林和加特扎克博士。无线电员一边调试着信号，一边紧张地观察着指针。加特扎克博士一边听着，一边在纸上以飞快的速度潦草地记下笔记。连续不断的声音从喇叭中传了出来。

“这是米罗夫的声音！”汤姆紧张地低语。

加特扎克快速地点了点头。这时，另一个声音也响了起来。

这个声音尖锐刺耳，时而恳求，时而指责。

“现在这个说话的人——米罗夫叫他尼罗特卡！”加特扎克突然说。

“那一定是卡尔·尼罗特卡！”汤姆小声地说。

“他是谁？”巴德问道。

“他们顶级的核物理专家之一！”

汤姆快速浏览了刚刚加特扎克博士匆忙记下的笔记，很明显尼罗特卡正在恳求米罗夫不要实施什么计划。

汤姆摘下自己的耳机递给了加特扎克博士：“我觉得你应该戴上这个，关掉喇叭，然后大声地翻译给我们听。”

天文学家点头同意，整个对话立刻就变得清晰明了。

“我坚持认为你应该立即将这个恐怖的计划报告给我们的政府！”尼罗特卡说，“他们已经因你滥用权力而不再信任你了，米罗夫，但是这个计划却显得你远比他们想的残忍！难道你没有觉察到政府已经派间谍一直对你进行监视吗？”

“他们知道你雇人窃取斯威夫特空气制造机的资料，而且他们知道你策划的那场对斯威夫特运载火箭进行的愚蠢的攻击行动。这两次行动都是徒劳无功的——你玷污了自己的名声！”

当加特扎克博士翻译这段争吵时，汤姆和巴德震惊地看了看对方。这证明米罗夫正是他们一切麻烦的始作俑者。接下来的话更真实地揭露了他的本质。

“我们的政府确实想尽一切可能的办法来阻止斯威夫特的探险行动，”尼罗特卡继续说，“起初他们散布谣言，斯威夫特父子俩应该对这颗新卫星负责——那个被我们利用的愚蠢的范沃特教授！紧接着就是信息泄露……在他们的太空飞船中安置炸弹……”

巴德握紧他的拳头，愤愤地说：“这群卑鄙的鼠辈！”

“哦，是的，我们的政府试图去阻止他们！”尼罗特卡的声音依旧尖锐，“他们同意让你对我们的太空飞船进行伪装，并且证明我们是先于A国人登陆的。但是绑架的计划没有得到上级的批准，而且就像我提醒你的那样，袭击空气制造机是没有任何作用的！”

“每一次，你都失败了，米罗夫！已经没有人再支持你了。如果我们的政府知道你这个疯狂的计划，他们是绝对不会同意的——绝对不会！我们补偿不起！”

这时，米罗夫的声音响起，充满着愤怒。加特扎克博士翻译说：“他让尼罗特卡滚出去——没有什么能够阻止他实施这项计划！”

这时尼罗特卡又说话了：“当你在一小时后用无线电引爆这些核弹时，它们不光光是摧毁了这颗卫星，还释放了致命的核辐射。米罗夫，你再一次判断错误，它们将会把这颗卫星夷为平地的。这甚至可能会改变地球和月球之间的万有引力。米罗夫，你难道没有意识到它们所引起的碰撞可能会摧毁整个世界吗？”

当巴德和迪林听到这令人惊悚的对话时，都发出了恐怖的喘息声。汤姆没有说什么，但是脸上黯淡无光。整个世界已经危在旦夕。

“机长，快看！”雷达员指着屏幕，插话说。三点钟方向能够看到一个亮点。

“那是C国的太空飞船！”迪林大声说，“他们已经发射了！”

“看起来他们好像在大约四十五米的高度盘旋。”雷达员补充说。

加特扎克继续翻译着。米罗夫又说话了，冲着尼罗特卡大吵大嚷，但是他的话令A国人都胆战心惊。

“尼罗特卡，你这个蠢货！”他幸灾乐祸地说，“不仅是蠢货，还是个懦夫！你觉得你那愚蠢的方法就能够阻止得了我吗？我，伟人的米罗夫！我告诉你吧，那些炸弹已经被放置好了，他们会按时爆炸的！”

突然，加特扎克博士的脸吓得惨白。“他下令将尼罗特卡丢出飞船外！”天文学家喘着粗气说。

然后，加特扎克战栗着摘下了耳机，“泰坦”通讯室里的所有人都听到了恐怖的惨叫声！

第二十四章 与死神赛跑

瞬间，他们几个人都惊呆了。尼罗特卡那惨绝人寰的尖叫声不绝于耳！

每个人的脑海中都是同样一幅噩梦般的画面——一位无助、极度恐慌的科学家被人从高高的C国飞船上用力扔到布满岩石的地面上！

这恐怕是汤姆见过的最没有人性、最残忍的行为了。他的全身不断颤抖着，极力想要控制自己，恢复冷静。如果他们没有立即采取行动的话，一场更加恐怖的灾难将会马上发生在他们每一个人身上。到那个时候，小月亮上的每个人都会被炸得尸骨无存。

“我们必须快点行动起来！”他喊道。

加特扎克博士大病初愈，身体仍很虚弱，此时看起来更加的茫然无措。“快告诉我们应该怎么做！”他恳求道。

汤姆大声给大家下达了任务：“巴德去发动两架直升机；加特扎克博士，拜托你一定要找到格雷夫斯和辛普森医生，并且告诉他们立刻起飞；肯特，到库房找两个盖格计数器。”

三人接受任务后，立刻飞奔出去完成各自的使命。这时，汤姆吩咐迪林说：“快点接通空间站的电话！”他一边等待电话的接通，一边估算着此刻C国飞船的大概位置。

“汤姆，已经和你父亲取得联系了！”不一会儿，迪林就对汤姆说。

汤姆手里拿着麦克风，直接就坐在了加特扎克博士刚刚坐过的位置上。他一口气将米罗夫整个疯狂的计划叙述给他父亲听。这个恐怖的计划是要炸毁整个卫星呀！

“天呐，儿子，这个消息简直是太可怕了！”斯威夫特先生大口喘着粗气，努力使自己保持冷静，“你们必须找到这些炸弹！这是你们唯一的解决办法了，也是拯救整个世界的唯一办法了！”

“爸爸，我们一定会拼尽全力的！我认为目前最好的方法就是找到尼罗特卡，拼一拼运气。如果他现在还活着，他也许会告诉我们炸弹的具体位置。”

斯威夫特先生承诺说他会立即用无线电设备将这一消息告知C国政府，虽然感觉希望渺茫，但他们还是有可能及时联系到米罗夫的。虽然他此刻心里挂念儿子的安危，但是斯威夫特先生仍然强迫自己保持镇静。

“汤姆，祝你好运！我们每一个人都会为你们祈祷的！”

“爸爸，谢谢您。如果——如果我遭遇不测，请告诉妈妈，桑迪，还——还有菲利斯，我爱他们！”汤姆深深地吸了口气，又叹了口气。当他冲向飞船的密封舱时，他才真正地意识到，此时此刻那些他所深爱的家人，事实上甚至是全人类，都处于水深火热之中。

在飞船外，巴德、加特扎克、肯特、格雷夫斯和辛普森医生都等候在两架轰隆隆的直升机旁。其余的队员都站在一起，所有人都陷入了一片寂静。米罗夫实施的恐怖计划就像草原上的野火一样不胫而走。

“机长，我们现在还有机会吗？”汉克·斯特林悄悄地问道。

汤姆耸耸肩，说：“我们现在需要的是运气。”汉克一言不发，只是将一只手搭在了汤姆的肩上，而其他人纷纷走来与汤姆握手，希望他能够成功。

“兄弟们，谢谢你们！”此刻，汤姆想说的话如鲠在喉。他很清楚在场所有人都是那么信任他，爱着他。现在大家只能依靠他的领导才能劫后余生了。

很快地，六个人就乘坐直升机起飞了，每架飞机三人，由汤姆领航，巴德随后。他们飞快地向东边驶去，目标是雷达示波器所指示的地点。

令他们感到不幸的是，这里地面到处都是裂缝和岩石，还有数量众多的峭壁和峡谷。他们用双筒望远镜扫视着起伏的地势，而宝贵的时间在一点点地流逝。

“他在那儿！”汤姆飞机上的肯特大声叫着，手指向沙峡谷的边缘，一个人正手脚摊开地躺在那里。

两架直升机迅速着陆，队员们都跑到尼罗特卡周围，辛普森医生则对其进行快速细致的身体检查。

“他还活着，”这位医生喃喃自语道，“真令人难以置信，他身上竟然没有一处骨折，这里的低重力缓解了下落产生的冲击力。”

在辛普森医生使用了一些急救药剂后，尼罗特卡逐渐地醒了过来。他神态憔悴，因惊吓过度而面色苍白。他那黑色山羊胡修剪得很整齐。

刚开始，他深褐色的双眼仍有些呆滞无神，扫视着这些低头看着他的人。后来他突然恢复了意识，开始不安地扭动起来，嘴里不停念叨着什么。

“他在说什么？”汤姆急切地问道。

“他正在告诉我们一些有关炸弹的事，”加特扎克博士回答，“他说炸弹已经被安装在卫星另一侧的赤道周围。根据米罗夫的计划，一旦确定自己的太空飞船离开炸弹的破坏范围，他就会用无线电波引爆炸弹。”

“那我们还有多长时间？”

尼罗特卡急忙看了下手表，说道：“预计不超过半个小时！”

汤姆对加特扎克博士说：“告诉他，我们听到了他与米罗夫之间的争吵，我们来救他，同时也是在拯救我们自己，甚至是在拯救全人类！所以必须要在炸弹引爆前拆除它们。让他立即告诉我们炸弹的具体位置。”

加特扎克博士将汤姆的话飞快地翻译给尼罗特卡，听到尼罗特卡的回答后，他的神情变得沉重起来，他喘着粗气告诉汤姆：“尼罗特卡说我们最多只能拆除其中一颗炸弹，而不能拆除全部！”

“为什么？”

“另一颗炸弹被安放在火山坑最底部，坑壁十分陡峭，月行车没有办法驶入，就算用人工爬下去至少也需要几个小时！”

人们面面相觑，都十分沮丧。汤姆感到心里一股寒意袭来，他真的害怕极了，但他仍强迫自己进行思考。

他说："我开直升机下去！问问尼罗特卡那个坑在哪里。"

加特扎克急忙问尼罗特卡，又将得到的答案立即翻译给汤姆。

巴德惊叫："肯定是位于我们坠入魔洞前发现的那些火山口中！"

汤姆点点头，又问了一句："另一颗炸弹呢？"

这位天文学家很快得知了炸弹的具体位置。米罗夫为了能使辐射尘散播的范围最大，已经将炸弹安放在了卫星的另一侧了。

汤姆再一次发出指令，安排辛普森医生和加特扎克博士留下来照顾尼罗特卡；肯特和格雷夫斯驾驶一架直升机搜寻并拆除安放在卫星表面的那颗炸弹；他自己则驾驶直升机进入火山坑中进行搜寻。

"别落下我！"巴德决绝地说。

因为时间紧迫，此刻生死仅在一线之间。他们匆忙道别，并为对方送上了祝福，然后各自登上了直升机。

肯特和格雷夫斯沿着卫星的运行轨道向西方一路飞行。按照尼罗特卡的描述，那个地方的岩石表面是坑坑洼洼的，大部分为红色，其间点缀着灰色和绿色。

当肯特驾驶直升机在地面上空环绕时，杰森·格雷夫斯听着盖格计数器是否发出声响，这是汤姆设计用来空中勘察铀矿的，非常灵敏。

当他们飞到了与岩石表面相邻的山丘时，肯特焦急地问："还没反应吗？"

"一点儿都没有。"格雷夫斯焦急地说道。

肯特掉头返回，沿着表面飞回去，这次他扩大了搜索范围，但盖格计数器仍未发出任何声响。

“你确定它没坏吗？”肯特几乎绝望地问道。

“确定，我非常确定！”格雷夫斯打开测试开关，紫色的灯泡亮了，“看，这就能证明它现在是正常工作的。”

两人不知所措。随着时间的不断流逝，他们的心里也越发害怕。

“或许我们找错位置了！”肯特大声地说，“别光在这些小丘上搜寻了，我们试试别的地儿。”

他们飞过山脊，测试另一片红色岩石表面。在搜寻过程中，仪器开始发出响亮的滴滴声。“找到了！”格雷夫斯惊叫。到一个位置附近，仪器发出了最大的响声，肯特立即降落直升机。直升机推举器一接触地面，他们就跳下飞机。

“它在那儿！”肯特大喊。炸弹在地上显得十分突出。他们从直升机的工具箱中拿出扳手和螺丝刀，快速对这颗恐怖的炸弹进行拆卸。

“好，好啦，终于解决掉一个！”杰森·格雷夫斯喘着粗气，心怦怦直跳，声音因放松而颤抖，“现在只要汤姆和巴德……”

与此同时，在另一架飞往东边的直升机上，两人也已经发现了另一颗炸弹所在的火山口。当飞机在一个黄色的火山口上方盘旋时，仪器发出了平稳的滴滴声。

巴德往下一看，顿时感到喘不过气来。洞口太窄，几乎容不下一架直升机。

“机长，要飞进去是相当困难了！”

汤姆一咬牙，狠狠心说：“我们能做到！我们必须要做

到！”他看了一眼手表，“只剩8分钟了！”他小心翼翼地把直升机下降到火山口。

突然，旋翼刮到了坑壁，瞬间就被毁坏，机身开始发生严重倾斜。

“巴德，抓紧！”汤姆惊呼，“飞机失去控制了！”

飞机撞上火山口的一侧内壁后，又被反弹撞到了另一侧，发出令人心慌的刺耳声响。几秒钟后，他们俩都重重地撞向仪表盘，失去了意识，而飞机则朝着炸弹所在的坑底俯冲过去！

第二十五章 英雄归来

时间在一分一秒地流逝，汤姆和巴德一动不动地躺在直升机驾驶舱里。时间每向前走一秒，距离毁灭世界的爆炸就更近一秒！

汤姆首先醒了过来，他眨了眨眼睛。伴着一阵痛苦的呻吟声，他支撑着飞行员座椅慢慢地挣扎着站了起来。

汤姆勉强地站起来后，依然觉得天旋地转，他努力恢复自己的状态，随后目光落在他的手表上。

只剩不到一分钟了！

汤姆像是被人泼了一盆冷水一样，头脑瞬间清醒了。“巴德！快起来！”他一边叫着一边摇着他的肩膀。

还没等到同伴恢复意识，汤姆就拿着工具冲出了机舱。神奇的是，直升机坠落的地点距离炸弹仅有几米远，却没有撞上。

汤姆手忙脚乱地进行拆弹工作。还剩下多少秒，米罗夫就将按下他手里的引爆装置呢？谁也不得而知，即使是钟表，我们也不能完全依靠它来计算时间，尼罗特卡一直以来都只是在估算时间。

“我现在必须保持冷静。”汤姆喃喃自语着。

巴德摇摇晃晃地走出机舱，无力地摇了几下头说：“我能帮上什么忙？”

“这里，用手紧紧握住螺帽上的扳手。”

汤姆的双手在颤抖，额头上冒出了一颗颗汗珠。巴德也被这紧张的气氛所影响，不一会儿就紧张到能听到血液的撞击声。

不一会儿，炸弹被顺利地拆除了！

“伙计，你成功了！”巴德嘶哑地喊道，无力地咧着嘴笑。

两个男孩面色苍白，喘息着瘫坐在地上，让自己恢复平静。

现在汤姆可以真正地笑了：“格雷夫斯肯定也已经找到了另一颗炸弹，现在我们需要做的就是从这个火山坑中爬出去。”两人注视着周围凸出的岩石峭壁，稍做休息后，他们开始行动了。他们爬到一半时，听见了一阵欢呼声，是一架直升机飞来了！

这架直升机在头顶盘旋着进入他们的视野，肯特和格雷夫斯放下了救援梯，帮助两个男孩爬上来。

当巴德走进直升机时，他说：“哎！机长，拯救世界的那一刹那间并不是我期待的那样，我可不希望这样的事情在我身上再发生啊！”

直升机升空时，汤姆咧着嘴笑，用无线电和迪林取得联系：“迪林，我们安全了，一切正常。马上向空间站发送这个好消息，先简单跟爸爸说，之后我会发给他一份完整的报告。”

在加特扎克、辛普森医生和尼罗特卡登上飞机后，他们回到了那个兴奋不已、期待着他们的“泰坦”。

乔已经为庆祝这一伟大的时刻准备了丰盛的菜肴。当他端上热气腾腾的丁字牛排时，所有队员都欢呼雀跃起来。

“乔，你到底做了什么？这是牛肉，难道你绑架了金牛座吗？”巴德切下一块多汁的肉嘲讽道，“呀，一点都不像金光灿灿的牛肉！”

“听着，我把一直留着的冻牛肉拿来了，就是想在合适的时间给大家一个惊喜。我现在觉得就是此刻，真的就是此刻！”

晚餐过后，汤姆用无线电向父亲发送了一份完整的报告，内容主要包括如何发现和拆除那颗令人毛骨悚然的炸弹。至于整个事件的经过，他赞扬了尼罗特卡，正是在尼罗特卡的帮助下，他们才能避免灾难发生。他还写道，辛普森医生正在给这位受到惊吓、有些撞伤的C国科学家治疗，他将随“泰坦”返回地球。

汤姆还写道：“爸爸，我计划明天发射返航，只留下一小部分队员守卫在这儿，以保证国家对卫星的需求，同时还能监视是否有侵略者在此登陆。”

斯威夫特先生回复说：“太好了，儿子，一切都进展得如此顺利。我们需要感谢的人还有很多！现在，我告诉你一些刚刚收到的消息！”

斯威夫特先生兴高采烈地说，米罗夫已经在他的国家被逮捕，C国发表公告宣布火箭指挥官被判“叛国罪“和“反人道罪”。

斯威夫特先生继续说道：“还有一件事，就是对于信息泄露事件，你的猜测是对的。”

“爸爸，为什么会这样？”

“新闻稿的抬头正是从企业集团的打印机里偷出来的，要不是他刚回来不在镇上，我们早就发现了。顺便说一下，根据他提供的线索，调查局已经开始围捕C国间谍，那个人是一个技术熟练的电工，正如你怀疑的那样，他破坏了我们的无线电话扰频器。”

汤姆松了口气，微笑着说："爸爸，这消息太振奋人心了。"

斯威夫特先生接着又说，"泰坦"的返航不同于它的出发，就这个话题不会引起太多的热议。

"儿子，明天见，今天晚上好好休息。"

"好的，爸爸，再见！"

汤姆挂断了无线电话，他也希望能立刻爬上床睡觉，但是还有很多事要做，要安排接下来几天的任务。当他最终躺在床上的时候已经是午夜十二点了，虽然精疲力竭，但还是很开心。不一会儿，汤姆就睡着了。

汤姆在巴德的摇晃中醒了过来："汤姆，快醒醒！"

"啊！出了什么事？"汤姆还没完全睁开双眼，就从床上跳了下来。

"伙计，放松点！我只是想让你出来看看这个神奇的现象。"巴德建议说。

汤姆急忙穿上裤子和拖鞋，匆匆忙忙地和巴德跑到飞船外面。他们刚一步人大气层，就有水一样的东西滴到了汤姆的鼻子上。天空已经变得灰暗，周围到处都是飞溅的水滴。

"下雨了！"汤姆兴奋地叫道。

"卫星上的第一场雨！自从米罗夫被关进监狱后，'小月亮'每天都在发生变化，现在已经变得越来越适宜人类居住了！"巴德咧着嘴笑着说。

"这就意味着，我一定还会回来做更多相关实验的。"汤姆说。

大家快速吃完早餐后，都开始为回国的旅程做起准备工作。当队员们收起登陆“泰坦”的传动装置时，汤姆去洞穴把罗比带回了飞船。机器人还有辐射，需要裹在用托马塞特塑料制成的厚外套中。

当汤姆让乔帮他把罗比带到实验室时，乔说：“根据历史书上的记载，这个生物看起来确实像埃及的木乃伊。”

“但是更生动。”汤姆笑着说。接着他坐到对讲机前，按下蜂鸣器：“全体人员注意！飞船在十二点时点火起飞。”

话音刚落，巴德就冲进了实验室，胆怯地大声说：“汤姆，加特扎克博士不见了！”

“什么！”

经过快速排查，确认天文学家不在基地的任何地方，他的床铺也没有睡过的痕迹。汤姆和巴德匆忙驾驶直升机去寻找他。

当他们在卫星夜晚的一侧绕行时，汤姆说：“前方上空有东西在闪！”

闪光被证实是望远镜透镜反射的大地光线。加特扎克博士正在其中一个较高的岬角上进行观察。

男孩们着陆，爬出舱外。加特扎克博士停了下来，借助闪光灯的光芒迅速潦草地记录着，然后放入一个简易的夹具。

巴德倒吸了一口气说：“他在太空里行走很快乐。”

“我成功了！我成功了！”加特扎克不停地大声嚷着。

“什么成功了？”汤姆困惑地问。

“我毫无疑问地证实了天狼星和半人马座阿尔法星密度和光谱的组成！”

“哇，祝贺你！”男孩们紧握着他的手说。

这位天文学家对于他在那两颗重要星星上的发现兴奋不已，急促不清地说着一些专业术语，就连汤姆也觉得很难跟上他的思路，巴德更是已经完全迷惑了。两个男孩咧嘴笑着帮加特扎克博士拆卸了望远镜，然后护送他回到直升机。

不一会儿，“泰坦”就准备点火起飞了。

汤姆提醒说：“大家系好安全带！”然后把飞行磁带放进自动驾驶仪。

计时器显示飞船升空倒计时时，大家都已回到了各自的座椅。突然，由辅助燃料火箭助燃的发动机“轰”的一声发动了，喷射着火焰的巨大太空飞船升入了太空。

卫星的大气薄层清晰可见时，汤姆关闭了火箭，他敏锐的眼睛扫视着操作盘，稍有倾斜，他肌肉发达的手就猛地向前推主驱动杆。飞船在广袤的太空中平稳地行驶着。

当飞船到达太空的前哨站时，汤姆按下了按钮，发出磁力钩绳。隐形的磁力线将“泰坦”与巨大的银色太空轮锁定在一起。

为了与儿子重聚，斯威夫特先生在其他人员的陪同下很快登上飞船，随后座椅上的安全带再一次被固定，磁力钩绳被释放，飞船朝着地球飞去。

几小时后，他们平稳着陆在费林岛。汤姆轻轻打开舷窗，向外眺望。

“晚上好！”他呼喊着。

被守卫挡住的是激动的人群，他们热切地欢迎英雄的归来——因为他们以A国的名义登上了卫星。电视摄像机、电台采访、便携式麦克风都已架好，记者和新闻短片摄像师摆好了姿势，一动不动地等待开拍。在人群最前面的是戴勋章的海军上将、将军和空军指挥官。

“爸爸，这就是你所说的……”汤姆倒吸了一口气说。

斯威夫特先生点了点头，笑着说：“我说过我们的回归和起飞不一样！”

当队员们从密封舱出来的时候，欢呼声响彻了天空，军乐队奏起了国歌！

汤姆轻推了下巴德，他还记得巴德当时进来的俏皮话，说没有乐队为他们送行。

“伙计，我想你的抱怨起作用了！”

由于场面失控，人群冲了过来。一瞬间，汤姆和其他人发现他们被成群的人围住了。汤姆试图将记者和官员的注意力转移到爸爸那儿去，但是斯威夫特先生说：“儿子，这是你的舞台，你才是主角！”

汤姆无法避开欢迎的人群，只好对未来的科学和太空旅行做了简短的演讲。接着，他逐一介绍了探险队员，他们也都分别做了简短的报告——加特扎克博士汇报了天文学领域的发现、吉姆·史蒂文斯汇报了农业方面的成就、辛普森医生汇报了医学方面的发现。

最后一个讲话的是杰森·格雷夫斯，他讲述了他们发现的一种极好的金属，并画了一张该金属运用在未来征服太空领域的鲜明图片。令全体队员吃惊的是，企业大亨给予汤姆此次探险充分的肯定与赞赏。

“祝贺今年最杰出的发明家小汤姆·斯威夫特！”

随后，国防部代表卢瑟·赫尔姆走到麦克风前说，斯威夫特家族被授予命名新卫星的荣誉，虽然之前昵称为“小月亮”，但是政府想用一个更科学的称呼来表明它是属于A国的新发现的卫星。

汤姆和父亲进行了简短的讨论后，宣布道："为了向我妈妈玛丽·内斯特·斯威夫特致敬，我们决定叫它内斯特丽亚！"

现场的观众大声欢呼着，斯威夫特夫人在丈夫和儿子粗壮臂膀的簇拥下面朝摄像机，自豪而激动地笑着。

还没等到庆典结束，桑迪和菲利斯就迫不及待地找了个机会拥抱男孩们，向他们表示祝贺。奈德·牛顿叔叔和他的妻子也前来对这重大的成就表达祝贺之情。

最后，汤姆和巴德换下了火箭上的服装后发现只剩下他们两个人了。"那么，我的太空朋友，我们现在去哪儿？"巴德问。

"谁知道呢？"汤姆含糊地答道，但是他已经为下一次探险做好了准备。

"现在，我必须分析一下内斯特丽亚中发光的立方体。我认为增能器不能与内斯特丽亚短暂分离，因为当引力消失时，大气层也不存在了！巴德，我们无法把它带回去。"汤姆说。

随后汤姆咯咯地笑起来，兴奋地说："也许我的太空朋友们会亲自告诉我们整个故事！"